Wolfgang Ecke
Die Dame mit dem schwarzen Dackel

Wolfgang Ecke (1927–1983)

Sein Name ist zu einem Begriff für gute, spannende Unterhaltung geworden. Seine Bücher beziehen ihre Spannung aus der Aufforderung zum Mitdenken, durch lebendige, oft humorvolle Dialoge – und nicht durch sensationelle Gewalt. Wolfgang Ecke sagte selbst: „Ich behaupte, es gibt keinen Kinder-Krimi! Es gibt nur Kriminalgeschichten, die als Lektüre für Kinder geeignet sind; wobei es unbedeutend ist, ob sie eigens für Kinder geschrieben wurden."

Er hat über 600 Hörspiele geschrieben, von denen unzählige, ebenso wie ein Großteil seiner über fünfzig Bücher, in viele Sprachen übersetzt wurden. Er war ständiger Mitarbeiter bei zahlreichen in- und ausländischen Radiosendern, schrieb für Jugendzeitschriften, produzierte Platten und auch einige Fernsehfilme. In den Ravensburger Taschenbüchern sind neben mehreren Einzeltiteln folgende Serien von ihm erschienen:

Wer knackt die Nuß?
Perry Clifton
Club der Detektive (auch auf englisch)
Meisterdetektiv Balduin Pfiff

Für mehr als fünf Millionen verkaufte Ravensburger Taschenbücher erhielt Ecke fünfmal das „Goldene Taschenbuch".

Wolfgang Ecke selbst über sein Leben:

„Geboren dort, wo Karl May starb: in Radebeul, und zwar am 24. November 1927. Schulbesuch, da Pflicht. ‚Sehr gut' in Deutsch und Geographie. Alle übrigen Zensuren nicht überlieferungswürdig. Mit 13 Jahren in ein militärisches Internat. Außer Marschieren und Strammstehen auch Klavier, Schlagzeug und Fagott gelernt. Gelungener Versuch, den Krieg unbeschadet zu überleben. Danach Hochschule für Musik und Theater in Dresden. Bereits 1946 aus politischen Gründen von der Hochschule relegiert."
Zwischen 1945 und 1952 lebte Ecke „abwechselnd überall und in Dresden". Anfang der 70er Jahre ließ er sich mit seiner Frau und seinen beiden Töchtern (und zwei afghanischen Windhunden und zahlreichen Katzen) im bayerischen Alpenvorland nieder; zuletzt wohnte er oberhalb des Staffelsees in Murnau.

Wolfgang Ecke

Perry Clifton und die Dame mit dem schwarzen Dackel

Otto Maier Ravensburg

Lizenzausgabe
als Ravensburger Taschenbuch Band 149,
erschienen 1969

Die Originalausgabe erschien
im Loewes Verlag Ferdinand Carl, Bayreuth
© Loewes Verlag Ferdinand Carl, Bindlach

Umschlagillustration: Dieter Leithold

Alle Rechte dieser Ausgabe vorbehalten durch
Ravensburger Buchverlag Otto Maier GmbH
Gesamtherstellung: Ebner Ulm
Printed in Germany

25 24 23 22 21 92 91 90 89 88

ISBN 3-473-39149-2

Inhalt

- 7 Die Versetzung
- 10 Zirkusbesuch
- 21 Die Verlustanzeige
- 27 Die Zeitungsannonce
- 30 Zwischenfall im Warenhaus
- 33 Nebel ...
- 37 Die Warnung
- 40 Überraschung in Greenwich
- 59 Jan Krenatzki wittert einen guten Kunden
- 68 Das Hausboot auf der Themse
- 87 Ein Dackel knurrt
- 92 Der erste brauchbare Hinweis
- 100 Ein neuer Diebstahl
- 109 Die Tapetentür
- 120 Die Zwillingsschwester
- 127 Mister Jeremias Ratherkent raucht nur Zigarren
- 130 Falle oder Ablenkung
- 136 Das letzte Kapitel
- 142 Ein Wort noch ...

Die Versetzung

Sir Adam Walker, leitender Direktor des großen Londoner Kaufhauses Johnson & Johnson, streicht sich mit gemessenen Bewegungen über seinen fast weißen Scheitel.
Vorsichtig läßt er seine massige Gestalt samt Schreibtischsessel einmal um die eigene Achse drehen, wobei er die behagliche Eleganz seines Direktionszimmers in sich aufnimmt. Vornehm und zweckmäßig. Und für Außenstehende Abstand gebietend.
Sir Adam Walker ist mit der Musterung zufrieden. Mit dem Gesicht eines Mannes, der vor der Erledigung einer angenehmen Aufgabe steht, beugt er sich nach vorn. Sein Zeigefinger drückt auf die Taste der Sprechanlage.
„Miß Bebs, schicken Sie mir sofort Mister Clifton!"
Ohne auf eine Erwiderung zu warten, lehnt er sich zurück und faltet die Hände über seiner Weste.
Genau nach sechs Minuten blinkt das Lämpchen der Sprechanlage auf. Wieder drückt Sir Adam auf die Taste:
„Ja?"
„Mister Clifton ist da, Herr Direktor", meldet Miß Bebs, Walkers langjährige Sekretärin.
„Ich lasse bitten!"
Obgleich sich Walker eines guten Gedächtnisses erfreuen kann, ist es ihm doch unmöglich, sich an die einzelnen Gesichter der nach Hunderten zählenden Belegschaft zu erinnern. Er selbst hat Perry Clifton nur einmal gesehen, und auch das ist viele Jahre her. Doch an eines kann er sich gut

erinnern. Es handelt sich um eine Reihe von Eingaben, die Clifton der Direktion zugestellt hatte und die er, Sir Adam Walker, abschlägig bescheiden ließ.

„Bitte einzutreten!" ruft Sir Walker.

Wenn Perry auch nicht die leiseste Ahnung vom Grund seines Hierseins hat, verrät kein Muskel seines Gesichts die innere Spannung.

Direktor Walker winkt ihn heran, wobei seine Blicke mit Wohlgefallen auf seinem Gast ruhen.

„Bitte, Mister Clifton, nehmen Sie doch Platz."

Perry macht eine leichte Verbeugung, bevor er sich mit einem „Besten Dank, Sir" setzt.

Sir Adam hat die Fingerspitzen beider Hände aufeinandergelegt. Fast im Plauderton beginnt er:

„Eigentlich ist dies eine Angelegenheit der Personalabteilung..."

Perry wird nun doch ein wenig unruhig. Will man mich entlassen? durchfährt es ihn. Doch sofort weiß er, daß er dann nicht hier wäre.

„Wenn ich Sie trotzdem zu mir bitten ließ", fährt Walker fort, „so deshalb, weil ich Sie einmal näher kennenlernen möchte."

Perry schluckt, während es in seinem Kopf fieberhaft arbeitet.

„Wie lange sind Sie eigentlich schon bei uns?"

„Neun Jahre, Sir", antwortet Perry Clifton, und findet respektlos, daß das schließlich in den Akten stünde.

„Und wie gefällt es Ihnen bei uns?"

Perry zögert ein wenig mit der Antwort. Als er jedoch das leise Lächeln sieht, das sich sofort in Walkers Mundwinkeln ausbreitet, sagt er schnell:

„Ganz gut, Sir."

„So, ganz gut? Mit anderen Worten, Ihre Tätigkeit in der Werbeabteilung befriedigt Sie nicht hundertprozentig?"

Als Perry zu einer Erwiderung ansetzen will, winkt Walker ab.
„Ich weiß, Sie haben sich schon des öfteren um eine Versetzung in die Detektivabteilung bemüht."
Perry nickt zustimmend.
„Bisher sah ich keine besondere Notwendigkeit, diesem Antrag stattzugeben ..."
Perry Clifton sieht überrascht auf.
„Soll das heißen, Sir, daß Sie Ihre Ansicht geändert haben?" fragt er hoffnungsvoll.
Diesmal ist es an Walker, zu nicken. Er tut es langsam und gemessen.
„Ich erhielt heute ein Schreiben von Scotland Yard. Man bescheinigt Ihnen darin außerordentliche Verdienste, speziell in einem Fall."
„Nicht der Rede wert, Sir", wehrt Perry bescheiden ab und kann es nicht verhindern, daß ihm die Röte ins Gesicht steigt.
Walker beugt sich interessiert nach vorn.
„Was war das eigentlich für ein Fall? Oder dürfen Sie darüber nicht sprechen, Mister Clifton?"
Perry zuckt bedauernd mit den Schultern.
„Verzeihung, Sir, über Einzelheiten zu sprechen ist mir untersagt. Ich kann Ihnen lediglich verraten, und auch in diesem Fall bitte ich um Ihre Diskretion, daß es sich um die Kandarsky-Diamanten* handelte."
Sofort erinnert sich Direktor Walker. Die Geschichte hatte ja damals eine Menge Staub aufgewirbelt. Und als er jetzt fortfährt, hört man die Anerkennung heraus, die er der unbekannten Tätigkeit Perry Cliftons bei diesem Fall zukommen läßt.

---

* siehe Ecke, *Der Herr in den grauen Beinkleidern*
  Ravensburger Taschenbücher Band 144

„In diesem Schreiben werde ich unter anderem auch gebeten, festzustellen, inwieweit die Möglichkeit einer Versetzung Ihrerseits in die Detektivabteilung gegeben ist..."
Er macht eine Atempause. „Nun, die Möglichkeiten sind da, und ich möchte Sie, lieber Mister Clifton, davon in Kenntnis setzen, daß Sie ab sofort dieser Abteilung angehören. Am besten wird es wohl sein, wenn Sie sich gleich mit Mister Conolly in Verbindung setzen. Wie Sie wissen, ist er Chef der Detektivabteilung... Im übrigen weiß er schon Bescheid..."
Perry Clifton hat sich erhoben. Man sieht es ihm an, wie diese Nachricht auf ihn wirkt. Fast bringt er mit seinen strahlenden Augen den alten Walker in Verlegenheit. Und als er ihm die Hand hinstreckt, schlägt Adam Walker sofort ein.
„Ich danke Ihnen, Sir. Ich werde versuchen, mich Ihres Vertrauens würdig zu erweisen."

Zirkusbesuch

Das Haus Starplace·Nr. 14 befindet sich im Stadtteil Norwood. Es ist ein alter, grauer Steinklotz mit vier Etagen. Eine Menge dunkler Stellen zeigt, wo der Außenputz schon abgebröckelt ist. Es ist alles andere als ein schönes Haus. Und doch hat es auch seine Vorteile.
Sieht man vom obersten Stock in südlicher Richtung, fällt der Blick bis auf die breite Asphaltstraße, die nach Croydon zum Flugplatz führt. Der vierte Stock umfaßt drei Wohnungen.
Die kleinste davon bewohnt der Junggeselle Perry Clifton. Perry mißt vom Fuß bis zum Scheitel stattliche einhundert-

zweiundachtzig Zentimeter. Er ist schlank, immer gut rasiert und wirft den Schlagball einhundertundzwölf Meter weit. Eine Tatsache, die bei Dicki Miller allergrößte Bewunderung findet. Aber nicht nur das allein ist es, was ihm Begeisterung abnötigt. Für ihn ist Perry Clifton der größte aller Detektive.
Eine Überzeugung, die Dicki bei jeder passenden Gelegenheit mit Nachdruck zum besten gibt. Und er muß es schließlich wissen.
Ist er nicht Perrys bester Freund? Jawohl, das ist er. Trotz seiner zwölf Jahre und der neunundzwanzig Sommersprossen über der Stupsnase.
Da Dicki mit seinen Eltern sozusagen Tür an Tür mit Perry Clifton wohnt, vergeht wohl kaum ein Tag, an dem er nicht seinem Freund einen Besuch abstattet.
So auch an diesem Freitag.
Es ist kurz nach sieben Uhr abends, als Dicki an Perrys Tür klopft.
„Herein, Dicki!" hört er Perry mit fröhlicher Stimme rufen, und überrascht schiebt er sich ins Zimmer.
„Woher wußten Sie denn, daß ich es bin?" fragt Dicki und mustert seinen Freund, der gerade beim Schälen von Pellkartoffeln ist.
Perry Clifton zeigt eine vorwurfsvolle Grimasse, als er antwortet: „Hast du vergessen, daß ich Londons größter Detektiv bin?"
Dicki versucht den Gekränkten zu spielen, doch es mißlingt. Zufrieden stellt er fest, daß Perry anscheinend besonders gute Laune hat. Ohne viel Umstände zu machen, zieht er sich einen Stuhl heran und setzt sich.
„Wissen Sie, wo ich heute nachmittag gewesen bin, Mister Clifton?"
Perry tut, als müsse er angestrengt nachdenken. Dabei starrt er mit gefurchter Stirn die Decke an.

„Hm, ich weiß es", brummt er dann zufrieden und beißt in die eben geschälte Kartoffel. „Du warst zum Geburtstag bei Tante Millie in Chelsea."
Sekundenlang blickt Dicki fassungslos auf seinen Freund, doch dann überzieht ein verständnisvolles Grinsen sein Gesicht, und fast ein wenig erleichtert stellt er fest:
„Sie haben es von Mutter!"
„Stimmt, Dicki!" gibt Clifton zu. „Wie war es denn?"
Dicki gibt sich gelangweilt, während seine Hand eine wegwerfende Bewegung vollführt.
„Es war, wie immer, zum Einschlafen."
„Du solltest ein wenig respektvoller von deiner Tante sprechen. Hat sie dir nicht erst kürzlich einen Fußball geschenkt?"
„Na und?" erwidert Dicki trotzig. „Habe ich ihr dafür nicht auch einen Raummeter Holz spalten müssen? Den ganzen Keller voll."
Perry lacht und hält Dicki eine trockene Kartoffel hin. Doch der schüttelt nur den Kopf und fährt fort:
„Den ganzen Nachmittag hat sie pausenlos von ihren sechs Kaninchen geredet... Onkel Charles ist sogar dabei eingeschlafen... Und als wir gehen wollten, hat sie uns in den Hinterhof geschleppt, und wir mußten uns alle sechs ansehen. Das eine Karnickel heißt Jonathan und ein anderes Billie. Und eins mit einem schwarzen Fleck über der Nase heißt Schuschu... Ist das nicht blöd...?"
„Dicki!" Perry droht mit dem Finger.
„Na ja... ich meine ja nur so", versucht sich Dicki zu rechtfertigen. „Sonst mag ich sie ja auch. Sie kann nämlich einen prima Pudding kochen..."
Perry Clifton scheint der Ansicht zu sein, daß man das Thema „Tante Millie" beenden könne. Und als er sich jetzt Dicki zuwendet, ist eine Idee von Feierlichkeit in seiner Stimme.

„Übrigens, Dicki – du kannst mir gratulieren!"
„Gratulieren?" Auf Dickis Gesicht malen sich zuerst Überraschung, dann Verständnislosigkeit.
„Aber Sie haben doch erst im Dezember Geburtstag", stammelt er.
„Stimmt!" lächelt Perry und ergänzt: „Aber schließlich gibt es außer Geburtstagen noch andere Gelegenheiten zum Gratulieren – oder?"
Perrys kleiner Freund nickt.
„Sieh mich doch einmal genau an! Merkst du nichts?"
Dicki Miller gibt sich alle Mühe, etwas zu entdecken. Er steht sogar auf, um Perry einmal zu umrunden. Doch trotz genauester Musterung kann er nichts feststellen. Verlegen zuckt er mit den Schultern und sagt leise:
„Ich kann nichts sehen, Mister Clifton ... Eigentlich sehen Sie aus wie immer ..."
„So??" In Perrys Augen sitzen Schalk und Stolz dicht nebeneinander, als er seinen Freund aufklärt.
„Ich dachte, du würdest es sehen, daß ich seit heute ein richtiger Detektiv bin."
Es dauert einige Atemzüge, bis Dicki die ganze Tragweite dieser Äußerung begriffen hat. Doch dann springt er auf. Seine Augen strahlen wie Christbaumkerzen, als er fragend wiederholt: „Ein richtiger Detektiv?"
Perry nickt. „Ja. Man hat mich heute in die Detektivabteilung des Warenhauses versetzt ..."
„Dann brauchen Sie jetzt überhaupt keine Werbung mehr zu machen?"
Perry schüttelt den Kopf. „Nein ..." Und mit etwas Wehmut in der Stimme setzt er hinzu: „Es hat ja auch lange genug gedauert ... neun Jahre ..."
Doch Dicki ist mit seinen Gedanken schon weiter.
„Dann werden Sie jetzt immer hinter Dieben und Einbrechern her sein?"

Perry Clifton lächelt nachsichtig.

„Ganz so schlimm wird es nicht sein, Dicki. Schließlich bin ich ein Warenhausdetektiv. Aber auch da gibt es eine Menge zu tun. Du glaubst gar nicht, wie viele Leute es gibt, die sich auf ungesetzlichem Weg bereichern wollen ... Aber das ist jetzt vorbei."

Perry befleißigt sich eines finsteren Gesichtsausdruckes und schiebt grimmig das Kinn vor. Und mit dröhnender Stimme verkündet er: „Perry Clifton wird ihnen den Garaus machen!"

Und dann lachen sie beide.

Perry hat inzwischen die letzte Kartoffel von der Pelle befreit und schickt sich an, kleine Würfel zu fabrizieren. Verschmitzt schielt er auf Dicki, als er diesem jetzt eröffnet:

„Zur Feier dieses Ereignisses habe ich auch eine Überraschung für dich!"

„Für mich?" Dicki ist wie elektrisiert und aus seinen Augen sprüht die Neugier.

„Wir gehen morgen abend zusammen aus!"

„Ins Kino?" kommt Dickis Frage wie aus der Pistole geschossen.

„Nein, in den Zirkus Paddlestone", berichtigt Perry und weidet sich an Dickis Freude.

„In den Zirkus ..." strahlt Dicki und weiß vor Aufregung nicht wohin mit den Händen. Und da er das Gefühl hat, seinem Freund irgend etwas Großartiges sagen zu müssen, stottert er:

„Sie sind wirklich ein ... ein ... ein ..." Es ist zum Weinen, aber ihm fällt doch tatsächlich kein brauchbares Prädikat ein ... Wütend beißt er sich auf die Zunge.

„Na, was bin ich?" will Perry scheinheilig wissen.

„Sie sind ein feiner Kerl", vollendet Dicki, und Perry spürt, daß sein kleiner Freund in diese wenigen Worte

seine ganze Zuneigung zu ihm gepackt hat. Um seine Rührung zu verbergen, gibt er ihm einen freundschaftlichen Klaps und erklärt dazu:
„Ich habe natürlich Logenkarten genommen, wie sich das für einen Detektiv und seinen besten Freund gehört..."
„Dann sitzen wir direkt an der Manege... das ist fein... Wissen Sie, was James Roller aus meiner Klasse gesagt hat?"
Perry schüttelt den Kopf.
„Ich habe keine Ahnung, was James Roller gesagt hat."
„Er hat gesagt, daß der Zirkus ein ganz tolles Programm hat..."
„So?"
Während Perrys Kartoffelwürfel langsam zu Bratkartoffeln brutzeln, schwärmt Dicki weiter:
„Zwölf Elefanten sollen sie haben. Und sechs dressierte Robben, die Kopfball spielen."
„Hm..." macht Perry.
„Ja, und reiten kann man auf einem Esel. Wer nicht herunterfällt, erhält fünf Pfund Belohnung."
„Ist nicht möglich", grinst Perry Clifton und fragt: „Du wirst doch hoffentlich nicht versuchen, die fünf Pfund zu verdienen...?"
Dicki macht eine Handbewegung, dazu verzieht er naseweis den Mund:
„Ich reite doch nicht auf einem Esel..." Und schon hat er den Esel wieder vergessen. Aufgeregt sprudelt es aus ihm heraus:
„Und wissen Sie, was das tollste sein soll?"
Wieder schüttelt Perry den Kopf.
„Ich bin leider nicht so gut informiert wie du."
„Ein Dackel..." fährt Dicki schwärmerisch fort. „Ein lebendiger Dackel..." wiederholt er und blickt dann selbstvergessen vor sich hin.

Die Bänke und Stühle in dem einmastigen Zelt des Zirkus Paddlestone sind dicht besetzt. Über sechshundert Besucher haben sich zur Acht-Uhr-Vorstellung im weiten Rund auf dem Festplatz in Mitcham niedergelassen.
Bei dem Zirkus Paddlestone handelt es sich nur um ein mittelgroßes Zirkusunternehmen; um so mehr erstaunt es, daß die Vorstellung ausverkauft ist. Aber wie man sagt, soll das Programm ausgewählt sein und auch höheren Ansprüchen gerecht werden.
Perry Clifton und Dicki Miller sitzen in Loge sechs, direkt an der Manege.
Dickis Augen glänzen fast fiebrig, während er aufgeregt die Zirkusluft einatmet. Diese eigenartige Geruchsmischung aus Sägemehl und Tierausdünstungen.
Pünktlich um acht Uhr eröffnet Direktor Paddlestone das Programm mit einer Dressurvorführung von zwölf herrlichen Araberhengsten. Danach folgen Schlag auf Schlag weitere Darbietungen. Trapezakte wechseln mit Jongleurkunststücken, diese wiederum werden von acht Elefanten abgelöst.
Es ist kurz vor neun Uhr.
Wieder verlöschen die Lampen über dem Publikum.
Die zahlreichen Scheinwerfer flammen auf und überstrahlen die Manege mit ihrem gleißenden Licht.
Ein leiser Trommelwirbel ertönt ... er steigert sich vom Pianissimo bis zum dröhnenden Forte.
Sechshundert Augenpaare hängen gebannt an dem Mann im roten Frack, der jetzt die Arena betritt. Als er seinen Zylinder durch die Luft schwenkt, reißt der Trommelwirbel ab.
„Ladies and Gentlemen", ruft er mit heller Stimme. „Der Zirkus Paddlestone präsentiert Ihnen jetzt eine Nummer, die Sie nicht alle Tage zu sehen bekommen. Es ist – Madame Porelli mit ihrem Wunderdackel Jocky!"

Lauter, begeisterter Beifall vermischt sich mit den Tönen eines Tuschs.
Jetzt betritt Madame Porelli den Schauplatz.
Noch einmal steigert sich der Beifall.
Die Artistin hebt die Hand, und langsam verebbt der Lärm ...
Madame Porelli ist etwa fünfzig Jahre alt und trägt ein dunkelblaues Phantasiekostüm, auf dem unzählige Steine funkeln und blitzen. Auf ihrem Kopf sitzt eine kleine Kappe aus rotem Samt mit einer Anzahl wippender Reiherfedern.
Ihr zur Rechten hockt Jocky, der Wunderdackel.
Als Stille eingetreten ist, läßt Madame den Arm wieder sinken, während sie mit einer lauten, unwahrscheinlichen Baßstimme zu sprechen beginnt:
„Ladies und Gentlemen! Was Sie hier an meiner Seite sehen, ist ein Dackel."
Einige Zuschauer beginnen zu kichern. Und ein ganz Vorlauter ruft: „Was Sie nicht sagen. Ich glaubte, es sei ein Krokodil!"
Doch unbeirrt fährt Madame Porelli fort:
„Ja, aber er ist kein gewöhnlicher Dackel. Jocky ist der klügste Dackel, den die Welt je gekannt hat. Seine Vorfahren haben nur an den Höfen der größten Herrscher gelebt."
Durch den Zuschauerraum wogt die Heiterkeit. Von allem jedoch völlig unbeeindruckt ist die Hauptperson – Jocky, der Dackel.
„Jocky, stell dich den Herrschaften vor!" ruft ihm in diesem Augenblick sein Frauchen zu, und Jocky gibt zwei kräftige Beller von sich.
„Für diejenigen, die sich in der Dackelsprache nicht so recht auskennen, will ich gern übersetzen. Es hieß: Jacomo Taddäus genannt Jocky!"

Wieder geht eine Welle der Heiterkeit durch die dichtbesetzten Reihen.
Mit einer Handbewegung zur Kapelle ruft Madame mit dröhnendem Baß: „Ich bitte um Musik."
Gedämpft beginnt die Kapelle einen Walzer zu spielen. Jockys Vorstellung beginnt.
Madame Porelli hat einen Schirm aufgespannt und spaziert gemächlichen Schrittes durch die Manege. Dabei wirft sie immer wieder kleine Würfel wahllos in das den Boden bedeckende Sägemehl. Zu guter Letzt tritt sie die Würfel noch mit dem Schuh fest, so daß sie nicht mehr zu sehen sind.
Jocky dagegen stolziert nur auf den Hinterbeinen Madame Porelli nach, gräbt die Würfel wieder aus und trägt sie in der Schnauze zu einer Holzkiste mit Deckel. Während er mit einer Vorderpfote den Deckel hebt, läßt er den Würfel hineinfallen. Und schon macht er sich wieder auf die Suche nach dem nächsten Würfel. Das wiederholt sich genau zehnmal, dann hat er alle zusammen. Madame Porelli ist zur Mitte der Manege zurückgekehrt und macht eine kurze Verbeugung.
Dröhnender Applaus füllt das Zelt. Das Klatschen und Johlen will gar kein Ende nehmen.
Auf ein Zeichen von Madame richtet sich Jocky auf die Hinterpfoten auf und läßt wieder ein kräftiges Bellen hören. Mit einem leisen Streicheln entfernt Madame Porelli etwas Sägemehl von seinem glänzenden braunen Fell.
Und dann hebt sie wieder die Hand. Es ist fast eine herrische Bewegung, mit der sie die Zuschauer zum Schweigen bringt.
„Wenn Sie glauben, meine Herrschaften, daß das alles ist, so muß ich Sie überraschen. Jockys größte Leistung kommt erst", verkündet sie und genießt die neugierigen Blicke auf den Rängen.

„Die Würfel sind numeriert. Von eins bis zehn. Ihre Aufgabe ist es jetzt, Jocky zu sagen, welche Zahl er aus der Kiste herausholen soll ... Na, junger Mann, nenn mir eine Zahl ..."
Madame Porelli ist vor Dicki hingetreten und blickt ihn an. Dicki, so plötzlich in den Mittelpunkt des allgemeinen Interesses gerückt, schrumpft förmlich in sich zusammen ... Sein Hals ist wie zugeschnürt.
„Ich???" bringt er gerade noch heiser heraus.
„Ja, du!" erwidert Madame Porelli mit spöttischer Stimme und will sich schon wieder von Dicki abwenden. Doch der hat inzwischen einen Blick mit Perry Clifton getauscht, und als ihm Perry aufmunternd zunickt, ruft er laut und vernehmlich: „Sechs, bitte ..."
„Na also", schnarrt Madame Porellis Baß. „Ich dachte schon, du könntest noch nicht bis zehn zählen."
Mit einigen schnellen Schritten ist sie in die Mitte der Manege zurückgekehrt. Totenstille ist ringsum, als sie jetzt ihrem Dackel zuruft: „Hast du es gehört, Jocky – der junge Mann wünscht den Würfel mit der Nummer sechs."
Jocky läßt ein kurzes Bellen hören, bevor er zur Kiste springt. Es dauert nur Sekunden, bis er einen der Würfel mit der Schnauze herausgefischt hat.
Madame Porelli hat ihm den Würfel aus der Schnauze genommen und tritt nun vor einige Zuschauer hin.
„Bitte, überzeugen Sie sich", fordert sie die Besucher auf, und das heftige Nicken der Befragten zeigt an, daß Jocky den richtigen Würfel herausgeholt zu haben scheint.
Aufs neue brandet der Beifall auf.
Dieses Schauspiel wiederholt sich genau fünfmal. Und immer ist es das gleiche. Jocky irrt sich kein einziges Mal.
Als Madame Porelli abtritt, gleicht das Zelt einem Hexenkessel. Man klatscht, tobt und schreit sich heiser. Mit einem Wort: Die Dackelnummer war ein voller Erfolg.

Nach der Pause kommt das beliebte Eselreiten. Doch keinem der zahlreichen Besucher gelingt es, sich länger als ein paar Sekunden auf dem Eselrücken zu halten. Und groß ist die Schadenfreude, wenn wieder einer mit dem Gesicht zuerst in dem Sägemehl gelandet ist.
Und weiter geht das Programm. Als zum Schluß das große Finale mit dem Aufmarsch aller Tiere und Artisten beginnt, sieht man nur zufriedene Gesichter. Es hat den Zuschauern gefallen. Und sie werden es weitererzählen. Vielleicht ist die Vorstellung morgen auch wieder ausverkauft.

Wenig später sitzen Perry Clifton und Dicki Miller im Omnibus, der sie nach Norwood zurückbringen soll. Versonnen blickt Dicki vor sich hin. Er scheint mit seinen Gedanken weit weg zu sein, denn als ihn Perry in diesem Augenblick leicht anstößt, zuckt er zusammen.
„He, Dicki, was ist los mit dir? Worüber denkst du so scharf nach?"
„Glauben Sie, Mister Clifton, daß es lange dauert, bis man einem Dackel so etwas beigebracht hat?"
Perry muß lachen. Und als er Dickis vorwurfsvollen Blick sieht, verstärkt sich sein Lachen noch.
„Du bist doch ein Kindskopf, Dicki. Kaum hast du was gesehen, schon reizt es dich ... Ich glaube kaum, daß du die Geduld aufbringen würdest. Es dauert Monate, bis ein Tier soweit ist."
„Es ist eben schade, daß mir Dad keinen Hund kaufen will", erwidert er gekränkt, ohne weiter auf Perrys Worte einzugehen.
„Hast du ihn denn schon gefragt?" will Perry wissen.
„Na klar!" Trotz ist in seiner Stimme. „Er hat mir geantwortet, ich solle mir eine Schildkröte zulegen; mit der müsse man nicht auf die Straße zum Bäumesuchen."

Perry muß schon wieder grinsen. Begütigend klopft er Dicki auf die Schulter.

„Als ob ich eine Schildkröte zum Spielen mitnehmen könnte."

„Und außerdem ließe sie sich wohl kaum für deine Zwecke abrichten", ergänzt Perry. „Sie kann weder neben einem Fahrrad herlaufen, noch hebt sie jemals einen Würfel aus der Kiste."

Dicki schweigt.

Was soll er auch sagen, wenn nicht mal sein bester Freund Verständnis für ihn zeigt. Das hat man nun davon. Man sollte sich nie mit Erwachsenen abgeben. Und als ihm Perry in diesem Augenblick zuruft: „Komm, wir müssen aussteigen!", da bliebe er am liebsten sitzen.

Die Verlustanzeige

Vier Tage sind seit Perrys und Dickis Zirkusbesuch vergangen.

Es ist Mittwoch, lange nach dreiundzwanzig Uhr. Genauer gesagt: dreiunddreißig Minuten vor Mitternacht.

Hastende Schritte eilen klappernd die Dannister-Street in Richtung Bogert-Hall hinunter.

Ohne nach rechts und links zu sehen, eilt die Gestalt mit flatterndem Mantel an dunklen Torbögen und erleuchteten Hausgängen vorbei.

Es ist eine Frau.

Endlich scheint sie ihr Ziel erreicht zu haben. Erschöpft lehnt sie sich für einen Augenblick an die Hauswand und läßt ihren Blick auf dem erleuchteten Schild ruhen:

„35. Polizeistation, Mitcham".

Sekundenlang schließt sie die Augen, doch mit einem entschlossenen Ruck löst sie sich von der Mauer und springt die vier Stufen hinauf.
Geräuschvoll reißt sie die Tür auf.
Sergeant Popper läßt vor Schreck seine Pfeife fallen, bevor er mit Stentorstimme ruft:
„Donner und Doria, Madam – wollen Sie die gesamte Polizeistation demolieren?!"
Doch die Frau kümmert sich wenig um seine Worte. Im Gegenteil, fast hat es den Anschein, als wolle sie den Sergeanten mit einer herrischen Handbewegung zum Schweigen bringen.
„Ich möchte eine Verlustanzeige erstatten", verkündet ihre Stimme. Eine Stimme, die dem Polizisten ungewöhnlich erscheint, denn sie ist tief und voll. Und wenn er nicht wüßte, daß es eine Frau ist, die da vor ihm steht, würde er behaupten, die Stimme gehöre einem Mann.
„Aha...", erwidert er wenig geistreich und starrt noch immer auf die späte Besucherin, die schweratmend an der Barriere Halt sucht, und deren funkelnde Augen nichts Gutes erwarten lassen.
„Sie wollen also eine Verlustanzeige erstatten", wiederholt er deshalb einen Ton freundlicher und eifriger. „Was ist Ihnen denn abhanden gekommen?"
„Mir ist nichts abhanden gekommen, mir ist etwas gestohlen worden. Sie müssen die gesamte Polizei alarmieren!" dröhnt es Popper entgegen. Und sofort läuft es ihm kalt über den Rücken, wenn er daran denkt, was es bedeuten würde, jetzt einen Großalarm auslösen zu müssen. Doch plötzlich kommt ihm eine Idee:
„Sie sollten morgen zum Diebstahlsdezernat gehen, Madam."
„Schweigen Sie", faucht ihn die Frau an, und Sergeant Popper weicht erschrocken einen Schritt zurück.

„Es handelt sich um Jocky. Irgend jemand muß ihn entführt haben. Aber der oder die Diebe halten sich bestimmt noch in London auf."

Der Beamte hat sich jetzt gefaßt. Er verzieht sein Gesicht in grimmige dienstliche Falten und fragt sachlich:

„Sie müssen schon etwas deutlicher werden. Wer ist Jocky? Ihr Sohn? Ihre Tochter?"

Sergeant Popper unterstreicht jede Frage mit einem Pochen auf seine Schreibtischplatte. Und dann seufzt er erleichtert auf, als er sieht, wie sich die Tür öffnet und sein Kollege Frank Oster eintritt.

„Ja, kennen Sie mich denn nicht?" ruft die Frau in diesem Augenblick und starrt ungläubig auf Sergeant Popper. Doch der schüttelt nur den Kopf.

Da reckt sich die Frau auf und erklärt ihm mit theatralischer Geste:

„Ich bin Madame Geraldine Porelli vom Zirkus Paddlestone."

„Ah, die Dame mit dem Dackel", erinnert sich Popper.

Auch Frank Oster tritt jetzt zu den beiden.

„Ich war gestern abend in der Vorstellung", wirft er ein. „Es hat mir ganz gut gefallen..."

„Madame will eine Verlustanzeige erstatten", unterrichtet Popper seinen Kollegen.

„Mein Dackel Jocky ist heute nacht gestohlen worden!"

„Ihr Dackel Jocky ist gestohlen worden?" kommt es aus beider Mund zugleich. Und es wäre glatt gelogen, wollte man behaupten, daß die beiden Polizisten besonders intelligent auf Madame blicken.

Es dauert eine Weile, bis bei Sergeant Popper der Penny gefallen ist und er seine Fassung wiedergewonnen hat.

„Aber liebe Frau, wir können doch nicht wegen jedes x-beliebigen Dackels oder Hundes eine Großfahndung vom Stapel lassen..."

Vielleicht wäre Sergeant Poppers Erwiderung etwas vorsichtiger gewesen, hätte er die Reaktion der Zirkusdame vorausgesehen.
Wie eine Furie schnellt sie auf ihn zu und hebt drohend die Fäuste. Dazu bellt ihre Baßstimme zornig:
„Mein Jocky ist kein x-beliebiger Dackel, Sie ... Sie ... Sie komischer Inspektor ... Mein Dackel ist die Attraktion von Paddlestone!" Sie stampft zornig mit dem Fuß auf.
Poppers Kollege schiebt sich behutsam an die explosive Lady heran, während er aus den Augenwinkeln nach einem eventuell notwendigen Rückzugsweg ausspäht. Man weiß schließlich nie, was bei solchen Leuten im nächsten Augenblick passiert. Vielleicht werfen sie plötzlich mit ihren Schuhen um sich oder versuchen, einem das Gesicht zu zerkratzen.
Sich zu einem freundlichen Lächeln zwingend, rückt er Madame Porelli einen Stuhl zurecht. Er tut es mit der Schnelligkeit eines Jongleurs, um sich sofort wieder auf sicheren Abstand zurückzuziehen.
„Bitte, nehmen Sie doch Platz, wir wollen die Angelegenheit in aller Ruhe besprechen."
Mit einem tief aus der Brust kommenden Knurren setzt sich Madame Porelli.
„Sie müssen doch einsehen, liebe Madam, daß es unmöglich ist, wegen eines Hundes den ganzen Polizeiapparat zu alarmieren", versucht Frank Oster seinen Standpunkt beweiskräftig darzulegen. Als er sieht, wie Madame Porelli aufbegehren will, hebt er beschwörend die Hände, „ ... ich weiß, Madam. Auch wegen eines so profilierten Dackels, wie es der Ihre ist, scheidet eine Großfahndung aus."
Sich vorsichtig heranpirschend, kommt Sergeant Popper seinem Amtskollegen zu Hilfe.
„In London werden jeden Tag fast zwei Dutzend Tiere als verloren erklärt. Stellen Sie sich vor, wir müßten jedesmal

eine Großfahndung einleiten. Die gesamte Polizei wäre nur noch hinter Hunden, Katzen, Schildkröten und Kanarienvögeln her."
Fast scheint es, als wolle sich Madame den Gegebenheiten beugen. Resigniert und müde lehnt sie sich in ihrem Stuhl zurück.
„Aber mein Hund ist nicht entlaufen. Er wurde gestohlen."
„Na schön", seufzt Popper, „dann mal der Reihe nach. Was haben Sie heute abend nach ihrem Auftritt gemacht? ... Einen Augenblick noch, Madam ... Frank, spanne einen Bogen Papier ein und schreibe mit ..."
Frank Oster begibt sich zu der altersschwachen Schreibmaschine in der Ecke des Reviers und spannt mit spöttischer Miene ein Blatt Papier ein.
„Okay, Gary!" ruft er danach Popper zu.
„Also, Madam – wie war das heute abend?"
Madame Porelli hat die Hand über die Augen gelegt und beginnt mit stockender Stimme zu berichten ...
„Gleich nach dem Auftritt bin ich mit Jocky in meinen Wohnwagen gegangen. Ich habe mich umgezogen und dann Jockys Fleisch aus dem Küchenwagen geholt."
„Und wo steckte Jocky in dieser Zeit?"
„In meinem Wohnwagen natürlich!"
„Weiter ..."
„Was weiter? Als ich zurückkam, war Jocky verschwunden ... Spurlos verschwunden."
Gary Popper räuspert sich vernehmlich, da Madame keine Anstalten macht, ihre Hand von den Augen zu nehmen ...
„Hm ...", brummt er dann. „Hatten Sie die Tür des Wohnwagens offengelassen, als Sie das Fleisch holten?"
Überrascht sieht Madame Porelli auf. Was soll diese Frage? könnte ihr Blick heißen ...

„Ich fragte, ob die Tür Ihres Wohnwagens während Ihrer Abwesenheit geöffnet war", wiederholt Popper seine Frage.

„Ich weiß es nicht mehr. Vielleicht – vielleicht auch nicht. Aber das hat überhaupt nichts zu bedeuten. Jocky würde niemals allein weglaufen – wenn Sie darauf hinauswollen."

„Schon gut!" brummt der Sergeant ungeduldig, „ich wollte nur feststellen, daß der Dackel rein theoretisch gesehen die Möglichkeit zum Fortlaufen hatte."

Popper geht mehrere Male im Raum auf und ab.

„Beschreiben Sie mir den Dackel", fordert er dann auf.

„Jockys Fell war von einem herrlichen Mittelbraun. Über der Nase hatte er eine kleine schwarze Maske."

„War er langhaarig?"

„Nein, kurzhaarig!"

„Hast du alles, Frank?" wendet sich der Sergeant seinem tippenden Kollegen zu.

„Ja."

„Ich kann jetzt lediglich eine Beschreibung mit der Bitte um Beachtung eines herrenlosen Dackels an die anderen Polizeistationen durchgeben. Mehr kann ich leider nicht für Sie tun."

Madame Porelli hat sich erhoben. Ihre Augen blitzen schon wieder zornig.

„Ich möchte wissen, wozu man eine Polizei unterhält. Da kann man ja mehr Vertrauen zur Feuerwehr haben ..."

Mit einem dröhnenden Knall fällt die Tür hinter ihr zu. Da Popper und Oster damit gerechnet haben, zucken sie nicht mal zusammen.

Als Frank Oster die nachdenkliche Miene Poppers sieht, fragt er: „Denkst du über den sagenhaften Dackel nach?"

„Nein", schüttelt Popper den Kopf. „Ich überlege gerade, wie ich in einer Feuerwehruniform aussehen würde ..."

Die Zeitungsannonce

Sieben Tage sind seit diesem Vorfall vergangen.
Sieben Tage und sieben Nächte.
Perry Clifton hat den Zirkusbesuch wohl längst vergessen. Und auch Dickis Interesse ist inzwischen von anderen Ereignissen gefesselt worden.
Doch ganz plötzlich kommt der Augenblick, da beide noch einmal an den Abend im Zirkus erinnert werden sollen.
Wieder ist es ein Sonnabend.
Perry hat gerade Hut und Mantel abgelegt, als es stürmisch an seine Tür hämmert. Bevor er „Herein" sagen kann, steht Dicki im Zimmer.
Seine Wangen sind gerötet und seine strahlenden Augen verkünden in beredter Sprache die Aufregung, in der er sich befindet.
„Guten Tag, Mister Clifton! Haben Sie schon die heutige Zeitung gelesen?" sprudelt es aus ihm heraus, und krampfhaft versucht er, eine Zeitung hinter seinem Rücken zu verbergen.
„Nein, Dicki, ich habe noch keine Zeitung gelesen", gibt Perry Bescheid und fragt dann mit einem beziehungsvollen Lächeln:
„Gibt es irgendwo irgendwas umsonst?"
„Sie werden Augen machen!" versucht Dicki seines Freundes Neugier zu wecken. „Am besten, wenn Sie sich dazu hinsetzen."
„Nach deinen Vorbereitungen zu schließen, scheint es ja tatsächlich etwas ungeheuer Wichtiges zu sein. Na, schieß los!"
Perry Clifton hat es sich in einem Sessel bequem gemacht und tut sehr gespannt.
Dicki baut sich vor ihm auf und beginnt umständlich, die

Zeitung zu entfalten. Dabei macht er ein Gesicht, als wolle er Perry verkünden, daß in Zukunft nur noch mittwochs gearbeitet würde.

„Es geht los!" beginnt er überflüssigerweise, und fährt fort: „Überschrift – Wer sah Jocky? Hundert Pfund Belohnung!"

Atemlos sieht er auf Perry. Als er jedoch bei seinem Freund nur ein anerkennendes Nicken feststellen kann, malt sich Enttäuschung auf seinem Gesicht.

Perry nutzt die Pause zu einer Frage:

„Und wer ist dieser Jocky? Ein entflogener Kanarienvogel?"

In Dickis Stimme ist tiefe Entrüstung, als er vorwurfsvoll fragt:

„Ja, Mister Clifton, erinnern Sie sich denn nicht mehr? Vorige Woche im Zirkus...?"

Na endlich. Perrys Erinnerungsvermögen, derartig unter Druck gesetzt, beginnt zu funktionieren.

„Stimmt – der Dackel dieser Madame Pom... Pom... Pomelli oder so ähnlich."

„Porelli!" verbessert Dicki und liest vor:

„Ich biete demjenigen hundert Pfund Belohnung, der mir meinen Dackel Jocky wieder zuführt oder Angaben machen kann, die zur Wiedererlangung des Tieres führen. Jocky ist seit dem 12. Juni spurlos verschwunden. Jocky hat ein mittelbraunes, gepflegtes Fell und an der Schnauze eine kleine schwarze Maske. Ein besonderes Kennzeichen ist ein schwarzer Fleck an der rechten Vorderpfote. Mitteilungen erbittet: Madame Geraldine Porelli, Zirkus Paddlestone, zur Zeit London-Mitcham... Na, was sagen Sie jetzt, Mister Clifton?"

Erwartungsvoll blickt Dicki auf seinen großen Freund.

„Hm... traurig... diese Madame Porelli tut mir aufrichtig leid."

„Stellen Sie sich vor, Mister Clifton, hundert Pfund Belohnung!" schwärmt Dicki unbeeindruckt weiter. „Was man sich da alles kaufen könnte. Einen neuen..."
Als er Perrys Blick sieht, bricht er ab... „Warum sehen Sie mich denn so an?"
„Besonders tierlieb scheinst du ja nicht zu sein, mein Sohn."
Dicki senkt beschämt den Kopf.
„Es ist mir nur so herausgerutscht... der Dackel tut mir auch leid."
„Soo?" fragt Perry gedehnt.
„Ja, vielleicht irrt er irgendwo herum und hat Hunger..."
Sein schlechtes Gewissen treibt ihn zu den gewagtesten Mutmaßungen. „Oder er ist eingesperrt und findet nicht mehr heraus?"
„Hm..." macht Perry Clifton.
„Es könnte ihn natürlich auch jemand eingefangen haben."
„Das könnte sein", gibt Clifton zu und lächelt verstohlen über Dickis plötzlichen Eifer.
„Auf alle Fälle werde ich morgen mittag nach der Schule mit dem Fahrrad in Richtung Mitcham fahren. Es könnte ja sein, daß ich ihn sehe – nicht?"
Als Perry den um Anerkennung bittenden Blick Dickis sieht, nickt er ernsthaft.
„Tue das, Dicki. Vielleicht hast du Glück und findest diesen Jocky."
Glücklich strahlen Dickis Augen wieder, und mit einer Geste, die so aussieht, als wolle er damit ein Königreich verschenken, sagt er: „Und die Belohnung, die kann Madame Porelli behalten..."
„Na, das würde ich mir dann doch noch überlegen."
Einen Augenblick lang stutzt Dicki und schielt verblüfft auf seinen großen Freund. Als er jedoch dessen breites Lächeln sieht, versteht er, daß Perrys Rüge von vorhin gar nicht so ernst gemeint war.

Zwischenfall im Warenhaus

Vier Nachmittage lang radelte Dicki Miller mit seinem Fahrrad umher. Über Hauptstraßen, durch schmale Gassen und stille Seitenwege führte ihn die Suche nach dem verschwundenen Dackel.
Doch es war vergeblich. Von Jocky fand er keine Spur.
Viele Monate sind seit dieser Suche vergangen. Es ist mittlerweile November geworden. Ein Monat, der wegen seiner Nebel und feuchten Niederschläge von fast allen Londoner Bewohnern gefürchtet wird.
Doch diesmal ist es nicht nur die Witterung, die diesen Monat für viele Leute dieser Stadt unvergessen macht.
Er bringt außer Nebel auch eine Reihe unheimlicher Ereignisse.

Man schreibt den 11. November.
Die Uhr über dem Hauptportal zeigt sieben Minuten vor sechzehn Uhr, als eine ganz in Schwarz gekleidete Dame mit einem ebensolchen Gesichtsschleier die Verkaufsräume des großen Warenhauses Cook & Small in der King-George-Street betritt.
Ohne Aufenthalt steuert sie geradenwegs auf die Schmuckabteilung zu, deren Vitrinen gegenüber dem Haupteingang stehen.
Vor einer mit Panzerglas gesicherten Vitrine verhält sie den Schritt und läßt, sorgsam prüfend, ihre Blicke über die zur Schau gestellten Schmuckstücke gleiten.
„Bitte, Mylady, was darf es sein?"
Freundlich lächelt die junge, adrett gekleidete Verkäuferin.
„Höflichkeit und Freundlichkeit sind der Anfang des Geschäfts", war ihr immer gesagt worden. Und eingedenk

dieser Weisheit lächelt sie auch noch, als die Lady, ohne ihr Beachtung zu schenken, weiterhin die Auslagen betrachtet.
„Vielleicht darf ich Ihnen etwas Besonderes zeigen?" flötet Miß Carner, die Verkäuferin.
Und dann ist sie erstaunt, daß sie es anscheinend doch nicht mit einer Stummen zu tun hat.
„Ich suche ein Hochzeitsgeschenk. Es soll etwas Wertbeständiges sein!" äußert die Kundin mit einer tiefen, männlich wirkenden Stimme.
Diensteifrig rollt Miß Carner den grünen Filz auf der Scheibe aus.
„Dachten Sie dabei an ein bestimmtes Schmuckstück? Eine Brosche zum Beispiel – oder einen Ring vielleicht?"
„Ich glaube, eine Brosche ist neutraler. Können Sie mir ein paar Sachen zur Auswahl vorlegen?"
„Aber gern!" erwidert die Verkäuferin und taucht nach unten weg. Für einige Augenblicke hört man nur das Rascheln von Papier und das Geräusch von auf- und zuschnappenden Etuis. Als Miß Carner endlich wieder mit rotem Kopf auftaucht, balanciert sie eine Anzahl Etuis auf ihren Händen.
„Hier, wie gefällt Ihnen dieses Stück, Mylady? Sehr attraktiv. Brillantsplitter mit einem herrlichen Rubin ..."
Sie hält der Schwarzgekleideten das Schmuckstück hin, doch die Dame hat sich offensichtlich etwas anderes vorgestellt. Ablehnend schüttelt sie den Kopf.
„Das ist doch nicht das Richtige ..."
Miß Carner legt ihr ein weiteres Schmuckstück vor. Es ist eine als Spinne gearbeitete Brosche.
Der Körper der Spinne, die auf einem wunderbaren Filigranuntergrund sitzt, ist ein kostbarer Brillant. Interessiert beugt sich die Lady über das wertvolle Schmuckstück.
„Sehr schön", flüstert ihre tiefe Stimme. „Wieviel kostet die Brosche?"

„Einhundertfünfundsechzig Pfund, Mylady", antwortet die Verkäuferin und kann kaum ihre Verwunderung darüber verbergen, daß die Kundin nicht einmal zur Begutachtung den Gesichtsschleier zurückschlägt.
In diesem Augenblick nimmt die Lady das Schmuckstück von der Platte und hält es gegen das Licht. Einige Atemzüge lang scheint sie sich an dem Feuer des Steines zu erfreuen ... Und dann geschieht es ... Mit einem „Oh, wie ungeschickt!" tritt sie einen halben Schritt zurück, während ihre Augen den Boden abzusuchen scheinen ...
„Bitte, treten Sie nicht darauf, Mylady!" ruft die Verkäuferin erschrocken und ängstlich zugleich. Mit hastigen Schritten eilt sie dann um den Verkaufstisch herum.
„Das ist aber sonderbar", vernimmt sie die Stimme der Kundin und weiß zuerst nicht, was diese damit meint.
„Haben Sie sie schon?" fragt Miß Carner.
„Nein, ich kann sie nicht finden. Die Brosche kann doch nicht verschwunden sein ..." Die Stimme der Kundin klingt erregt und fassungslos.
Miß Carner, die Verkäuferin, ist kreidebleich. Sie spürt, wie ein Zittern in ihren Beinen hochzukrauchen beginnt. Und wie ihr Mund plötzlich ausgetrocknet ist.
Blitzschnell läßt sie sich auf die Knie nieder. Keine Ecke, kein Vorsprung und keine Nische entgeht ihren Nachforschungen.
Als sie sich vor Aufregung keuchend und voller Angst wieder aufrichtet, steht ein schrecklicher Verdacht in ihren Augen.
Die Brosche ist verschwunden; daran kann nicht gezweifelt werden. Eine Brosche für einhundertfünfundsechzig Pfund Sterling. Und für einhundertfünfundsechzig Pfund muß Miß Carner über vier Monate arbeiten. Bei dieser Überlegung angekommen, werden ihre Augen schmal. Ein Schmuckstück kann sich schließlich nicht in Luft auflösen.

„Was sehen Sie mich so an?" fragt die schwarzgekleidete
Lady aggressiv, als sie den scharfen Blick der Verkäuferin
auf sich ruhen sieht. „Glauben Sie, ich habe die Brosche
verschluckt?"
Diese Bemerkung paßt nicht zu einer vornehmen Dame,
durchfährt es Miß Carner blitzschnell, bevor sie laut nach
Mister Sounders, dem Abteilungsleiter, ruft.

Fünfundvierzig Minuten nach sechzehn Uhr verläßt die
Schwarzgekleidete tief beleidigt die Verkaufsräume von
Cook & Small. Zurück bleiben eine völlig aufgelöste Verkäuferin, ein verzweifelter Abteilungsleiter und zwei händeringende Hausdetektive. Zu acht hatten sie die gesamte
Schmuckabteilung auf den Kopf gestellt. Nicht den kleinsten Winkel hatte man vergessen.
Auch Lady Matcroft, als die sich die schwarze Dame auswies, mußte sich eine Leibesvisitation gefallen lassen.
Umsonst – vergeblich ...
Die Brosche blieb verschwunden.

Nebel...

Drei Tage später.
Um zehn Uhr zwanzig unterbricht Studio London der
BBC sein Musikprogramm.
„Liebe Zuhörer", meldet sich die Stimme von Daniel Kilg,
dem Nachrichtensprecher. „Wir unterbrechen unser Musikprogramm für eine wichtige Durchsage:
Der Nebel in den Straßen unserer Stadt hat in den letzten
beiden Stunden so stark zugenommen, daß er eine akute

Gefahr für Verkehr und Gesundheit darstellt. Verlassen Sie Ihre Häuser nur noch, wenn Sie Unaufschiebbares vorhaben.
Eine besondere Warnung den Kraftfahrern: Wie uns die Polizei soeben meldet, beträgt die Sichtweite in der Innenstadt nur mehr drei Meter."

Diese Durchsage erfolgte um zehn Uhr zwanzig. Genau acht Minuten später betritt eine schon ältere Krankenschwester die Verkaufsräume des renommierten Waren- und Versandhauses „Exquisit" in der Tanton-Street.
Trotz des gefährlichen Nebels ist die untere Verkaufsetage gut besucht.
Knappe dreißig Meter neben dem Hauptportal aus Glas und Messing befindet sich die Schmuckabteilung.
Billy Higgins ist nicht nur Chefverkäufer in der Schmuckabteilung, sondern auch ein eitler Geck. Immer nach der letzten Mode gekleidet und immer mit pomadeglänzendem Haar, wird er im Haus nur „Mister Mannequin" genannt. Seine Eitelkeit ist legendär. Dazu kommt, daß er sich für Englands begabtesten Verkäufer hält.
Billy Higgins ist gerade dabei, sich ein nicht vorhandenes Stäubchen vom Revers seines eleganten Sakkos zu blasen, als sein Blick auf eine ältliche Krankenschwester fällt, die schüchtern, als würde sie selten in die große Stadt kommen, dem Verkaufstisch zustrebt.
Billy stellt sich in Positur, fährt sich schnell noch einmal über den Scheitel und flötet in seiner freundlichsten Tonart:
„Na, Schwester, haben Sie sich verlaufen?"
Da trifft ihn ein schneller, stechender und zugleich forschender Blick aus ihren Augen, und unwillkürlich zieht er etwas die Schultern ein. Von der möchte ich mir kein Fieber

messen lassen, durchzuckt es ihn bei dem Gedanken an einen möglichen Krankenhausaufenthalt auf ihrer Station.
Und etwas reservierter fügt er fragend hinzu: „Oder wollten Sie zu mir?"
„Ich möchte einen Brillantring kaufen!"
Billy Higgins hat Mühe, seine Verwunderung zu verbergen. „Sie möchten einen Brillantring kaufen?" wiederholt er mechanisch und es klingt, als sei er der Überzeugung, die Krankenschwester habe sich einen schlechten Scherz mit ihm erlaubt.
„Ja!"
„Oh, bitte, Schwester...", erinnert sich Higgins plötzlich seines Berufs und ertappt sich gleichzeitig dabei, wie er die Stimme der Schwester mit der seines Hauswirtes vergleicht. Sie ist ebenso tief wie voll.
„Wieviel möchten Sie denn anlegen, Schwester?" fragt er und ist überzeugt, daß ihre Antwort bei zehn oder zwanzig Pfund liegen wird.
„Auf keinen Fall mehr als zweihundert Pfund", erwidert die Schwester mit einem verschämten Augenaufschlag, zu dem der scharfe, stechende Blick im Widerspruch steht.
„Zwei... zwei... zweihundert Pfund?" stottert der elegante Billy entgeistert und läßt seinen Blick von der gestärkten Haube bis zu den in Wollhandschuhen steckenden Händen gleiten.
„Es wird doch nicht verboten sein, sein sauer verdientes Geld in Schmuckstücken anzulegen – oder?"
„Oh, nein, Schwester", schluckt Billy und zwingt sich zu einem schmalen Lächeln, während er eifrig nach einigen passenden Ringen sucht.
„Bitte, Schwester, wie gefällt Ihnen dieser hier?"
„Kostenpunkt?"
„Zweihundertvierzig Pfund!"

Erschrocken fährt er zurück, als ihm die Schwester im gleichen Moment mit ihrer Baßstimme zuzischt:
„Habe ich nicht klar und deutlich gesagt, daß ich höchstens zweihundert Pfund ausgeben wolle?"
„Sie sagten es, Schwester", beeilt sich Billy zuzugeben und ringt mühsam nach Fassung.
„Na also – was kostet dieser hier?"
„Hundertachtzig Pfund . . ."
„Hm . . . sehr schön . . ."
„Hat er nicht ein prächtiges Feuer?"
„Der gefällt mir. Ich würde mir trotzdem gern noch etwas anderes ansehen . . ."
Als die Schwester den Ring zurücklegen will und Billy Higgins schon die Hand zum Entgegennehmen aufhält, geschieht es. Durch eine kleine Ungeschicklichkeit gleitet der Ring aus der Hand der Schwester.
Ein leises helles Klirren ertönt, als er im Fall die Glasscheibe streift. Billy verzieht keine Miene. Noch nicht. So ein Malheur kann schließlich mal passieren. Fast abwesend blickt er auf den Rücken der Schwester, die sich suchend nach unten neigt.
Endlich taucht sie mit rotem Kopf wieder auf. In ihren Augen glimmt ein ängstlicher Schimmer, als sie mit ihrer dunklen Stimme spricht: „Es tut mir leid, Mister, aber ich kann den Ring nicht sehen."
Billy Higgins vergißt für Sekunden das Atmen. Dann erwidert er heiser:
„Machen Sie keine schlechten Witze, Schwester. Hundertachtzig Pfund sind kein Pappenstiel."
„Er muß irgendwo druntergerutscht sein", seufzt die Krankenschwester und neigt sich wieder zum Boden.
Mit einer ihm sonst fremden Eile setzt Billy mit einem Sprung über den Ladentisch und läßt sich auf die Knie nieder. Ungeachtet seiner scharfen Bügelfalten.

Es stört ihn nicht, daß einige Kunden spöttische Bemerkungen machen.
Als kurz darauf der Chef der Etage hinzukommt, beginnt das gleiche Spiel wie drei Tage zuvor bei Cook & Small. Und wie bei Cook & Small die Brosche, bleibt auch der Ring verschwunden.
Oberschwester Josefine Asher vom St.-Christobal-Hospital verläßt kurz nach elf Uhr wutschnaubend und mit einer Anzeige drohend das Warenhaus „Exquisit".

Die Warnung

Sir Adam Walker, leitender Direktor des Warenhauses Johnson & Johnson, durchquert mit energischen Schritten sein Büro und reißt die Tür zu seinem Sekretariat auf.
„Miß Bebs", bellt er seine erschrockene Sekretärin an, „verständigen Sie sofort Mister Conolly, Mister Clifton, Mister O'Brien und die drei Damen von der Detektivabteilung. Sie sollen sofort in mein Büro kommen."
„Jawohl, Sir", stottert Miß Bebs, die ihren Chef noch nie in solcher Verfassung gesehen hat.
„Sollen sie alle auf einmal kommen?"
Sir Walker, der sich wieder abgewandt hat, fährt wie von der Tarantel gestochen herum.
„Zum Teufel, Miß Bebs, natürlich alle auf einmal. Bin ich eine Schallplatte, die beliebig oft dasselbe wiederholt?"
„Sehr wohl, Sir", muffelt Miß Bebs tief gekränkt und wendet sich dem Telefon zu.
„Noch etwas", schnauft Walker, „die Schmuckabteilung soll sofort bis auf weiteres den Verkauf einstellen."
Mit lautem Knall fällt die Tür hinter ihm ins Schloß.

Knapp zehn Minuten später sind alle versammelt. Die drei männlichen Hausdetektive Conolly, Clifton und O'Brien und deren zwei weibliche Kolleginnen.
Keiner von ihnen hat die leiseste Ahnung, weshalb man sie in das Allerheiligste beordert hat.
Direktor Walker läßt seinen Blick über die versammelte Mannschaft gleiten. Plötzlich stutzt er. Seine Augenbrauen ziehen sich finster zusammen.
„Wo ist Mistreß Melby, Conolly?" fragt er den Chef der Detektivabteilung.
„Sie ist seit vierzehn Tagen krank, Sir. Grippe."
Sir Walker geht um den Schreibtisch herum und läßt sich schwer in den Sessel fallen.
Während seine Fingerspitzen ein hartes Stakkato auf ein Schriftstück trommeln, beginnt er zu sprechen:
„Zur Sache: Ich habe heute ein Schreiben von einem Inspektor Skiffer von Scotland Yard erhalten."
„Kenne ich gut", entfährt es Perry Clifton unvorsichtigerweise, und er muß einen strafenden Blick Walkers einstecken.
„Ich habe Sie hierhergebeten, um Sie über den Inhalt dieses Briefes zu informieren."
Um seinen folgenden Worten größere Bedeutung zu geben, macht Direktor Walker eine Pause. Dann fährt er mit erhöhter Stimme fort:
„Die Londoner Warenhäuser werden zur Zeit von einem Phänomen heimgesucht. Hören Sie zu: Am 11. November wollte eine dunkel gekleidete, sehr elegant und sicher auftretende Dame bei Cook & Small eine Brillantbrosche kaufen. Während des Betrachtens fiel die Brosche herunter und war verschwunden. Am 15. November, also vier Tage später, erschien bei ‚Exquisit' eine ältliche Krankenschwester und verlangte einen Brillantring. Man legte ihr mehrere Stücke zur Auswahl vor. Und dabei passierte es ..."

Walker holt tief Luft und fährt sich mit dem Taschentuch über die Stirn.
„Ja, dabei passierte es ...", wiederholt er. „Ein Ring fiel angeblich durch eine Ungeschicklichkeit zu Boden und blieb von da an verschwunden. Wert der Brosche: Hundertfünfundsechzig Pfund, der des Ringes hundertachtzig Pfund."
Wieder macht er eine kleine Pause.
„Am 16. erschien bei ‚Beverly' eine Gelähmte, das heißt, sie ging an zwei Stöcken, und versuchte wiederum einen Brillantring zu kaufen. Der gleiche Vorgang. Ring fiel herunter und war unauffindbar. Wert diesmal zweihundertsechsundsiebzig Pfund. Ähnliche Fälle wiederholten sich am 17. zweimal und noch einmal am 18. November."
Sir Adam Walker ist aufgesprungen und auf seine Mitarbeiter zugegangen. Vor Conolly bleibt er stehen.
„Na, Conolly?" fragt er mit vor Erregung heiserer Stimme, „was sagen Sie dazu?"
Als Conolly nicht gleich antwortet, wendet er sich an Perry Clifton:
„Und Sie – haben Sie dazu eine Meinung?"
„Hat man die angeblichen Käuferinnen keiner Leibesvisitation unterzogen?"
„Sehr schlau, unser Meisterdetektiv", entfährt es Walker spöttisch. „Natürlich hat man. Nur gefunden hat man nichts. Es gibt aller Wahrscheinlichkeit nach auch keine Komplicen, denn in den drei Fällen waren die Gänge an den Verkaufstischen der Schmuckabteilung leer."
„Ich nehme an, daß Scotland Yard inzwischen die Adressen der Damen aufgesucht hat?" meldet sich Conolly zu Wort.
„Ja. Wie erwartet, waren sie allesamt falsch. Nicht eine existierte. Scotland Yard ist der Ansicht, daß es sich um die raffiniertesten Trickdiebstähle der letzten fünfundzwanzig Jahre handelt."

„Gibt es denn keine Anhaltspunkte, Sir? Irgendwelche Körpermerkmale?" will Perry wissen.
„Doch, die gibt es." Walker tritt an seinen Schreibtisch und fischt nach dem Schreiben von Scotland Yard.
„Hier, man schreibt . . . ‚eines haben alle Täterinnen gemeinsam: eine tiefe, fast männliche Stimme. Diese Tatsache erhärtet auch die Vermutung, daß es sich in allen Fällen um ein und dieselbe Person handelt. Ihr Alter ist durch die mannigfaltigen Verkleidungen schwer zu bestimmen. Es dürfte jedoch zwischen fünfunddreißig und fünfzig Jahren liegen. Weiterhin wurde einigemal zum Zeitpunkt der Ereignisse ein herrenloser Dackel in der Nähe der Schmuckabteilung beobachtet.'"
„Das dürfte doch wohl mehr der Phantasie der erschrockenen Verkäufer entsprungen sein!" lacht O'Brien.
„Ich finde, daß wir keinerlei Grund zur Heiterkeit haben, Mister O'Brien!" weist Sir Adam Walker den kleinen Iren zurecht.
„Ich habe vorhin den Verkauf in der Schmuckabteilung einstellen lassen. Veranlassen Sie, Conolly, daß ab sofort weiterverkauft wird. Postieren Sie zwei Leute in der Nähe."
„Jawohl, Sir", nickt Bob Conolly, „wir werden auf tiefe Damenstimmen und herrenlose Dackel achten."

Überraschung in Greenwich

Perry Clifton merkt, obgleich er nicht zur Beobachtung in die Schmuckabteilung eingeteilt wurde, wie seine Gedanken immer wieder zu der Unterredung bei Sir Walker zurückkehren.

Irgendwas ist in seinem Unterbewußtsein, das er mit den Ereignissen in Zusammenhang bringen möchte, ohne daß es ihm gelingt.
So ist er auch noch ziemlich nachdenklich, als ihm am Abend sein Freund Dicki wie üblich einen Besuch macht. Und Dicki, der fühlt, daß etwas in der Luft liegt, bohrt so lange, bis ihm Perry die Geschichte mit den Schmuckdiebstählen erzählt.
Und Dicki ist ein aufmerksamer Zuhörer.
„Das einzige, was man mit Bestimmtheit sagen kann, ist, daß die Frau eine tiefe, männliche Stimme hatte", schließt Perry Clifton seinen Bericht.
„Die hat meine Tante Millie auch", stellt Dicki trocken fest.
„Ach, noch etwas...", erinnert sich Perry, „bei einigen Fällen will man sogar einen Dackel in der Nähe des Tatortes gesehen haben... Als ob ein Dackel die Schmuckstücke wegtragen könnte..."
„Das könnte nur *ein* Dackel", wirft Dicki seelenruhig ein.
„Wieso? Wie meinst du das, Dicki?" stutzt Perry und spürt, wie in ihm ein seltsames Kribbeln aufsteigt.
„Der Dackel aus dem Zirkus, der könnte das... Wissen Sie noch, damals in Mitcham... was ist, Mister Clifton?"
Perry Clifton ist aufgesprungen. In seinen Augen lodert es, als er Dicki am Arm packt.
„Du bist doch wahr und wahrhaftig ein Teufelskerl, Dicki... Das ist es... das ist es, wonach ich den ganzen Tag in meinem Gedächtnis gekramt habe... Das sind die Zusammenhänge."
Langsam beginnt es auch in Dicki zu dämmern.
„Wie hieß sie doch, Dicki? Madame... Madame...?"
„Madame Porelli! Und der Dackel hieß Jocky.. Und sie hat auch eine so tiefe Stimme gehabt."
Perry schlägt sich mehrere Male vor die Stirn. „Und ich bin

nicht draufgekommen. Dicki, was würde ich ohne dich anfangen ..."
Dicki richtet sich geschmeichelt auf. Doch plötzlich fällt ein Schatten über sein Gesicht.
„Es geht doch nicht, Mister Clifton", sagt er enttäuscht.
„Wieso?"
„Madame Porellis Dackel ist doch damals verschwunden. Erinnern Sie sich nicht mehr an die Anzeige mit der Belohnung?"
Perrys Überzeugung und Sicherheit ist durch nichts mehr zu erschüttern. Mit einer heftigen Handbewegung wischt er Dickis Einwand weg.
„Seitdem sind Monate vergangen, Dicki. Und wer sagt uns, daß sie ihren Dackel nicht schon lange wieder hat? Und wenn nicht, daß alles nur ein klug eingefädeltes Manöver war? Vielleicht hält sie den Dackel irgendwo versteckt?"
Perry geht im Zimmer auf und ab. In seinem Kopf purzeln die abenteuerlichsten Gedanken durcheinander.
„Werden Sie jetzt Scotland Yard Bescheid sagen?"
„Wozu bin ich Detektiv, Dicki? *Das* werde ich allein machen."
„Und ich?" entfährt es Dicki enttäuscht. „Bin nicht ich auf den Gedanken gekommen?"
Über Perrys Lippen huscht ein flüchtiges Lächeln.
„Na schön: *Wir* werden es allein machen."
Dicki strahlt, und voller Zuversicht schlägt er vor:
„Und wenn wir alles genau wissen, holen wir Scotland Yard. Wie damals bei den Kandarsky-Diamanten."
„Genauso machen wir es", stimmt Perry zu.
„Endlich ist wieder was los", seufzt Dicki geräuschvoll und altklug. Dazu zieht er ein Gesicht, als müßte er den schwierigsten aller Schlachtpläne entwerfen.
„Wir müssen herausfinden, wo der Zirkus ... wie hieß er doch?"

„Paddlestone."
„Ja, wo der Zirkus Paddlestone sein Winterquartier aufgeschlagen hat."
„Und dann, Mister Clifton?"
„Dann werde ich Madame Porelli einen liebenswürdigen Besuch abstatten."
„*Sie*?"
„*Wir*, Dicki."
„Und wann wird das sein?"
„Vielleicht schon morgen."

Der neue Tag bringt zum erstenmal in diesem Winter trockene Kälte. Kein Nieselregen – kein Nebel. Und als gegen Mittag auch noch die Sonne ein wenig zum Vorschein kommt, atmen die Londoner auf. Viele fassen die Gelegenheit beim Schopf, um weite oder weniger weite Spaziergänge zu unternehmen.
Den Heimweg zwischen Schule und Wohnung legt Dicki fast ausschließlich im Laufschritt zurück. Er hat Angst, sein Freund Perry könne den Besuch im Zirkus Paddlestone ohne ihn machen.
Als er kurz nach zwölf Uhr vor Anstrengung schnaufend zu Hause ankommt, hat Perry Clifton bereits eine Reihe von Telefongesprächen hinter sich.
Schlag ein Uhr steht Dicki kauend vor Perry.
„Ich bin fertig, Mister Clifton", meldet er und würgt den anscheinend umfangreichen Rest seines Mittagessens hinunter.
„Du wirst noch ein Magengeschwür bekommen, wenn du weiterhin so schnell und hastig ißt!"
„Großvater ißt noch viel schneller und ist schon vierundsiebzig Jahre", erwidert Dicki und ergänzt: „Und dabei hat er keinen einzigen Zahn mehr im Mund!"

Gegen diese Logik weiß auch Perry Clifton nichts einzuwenden und lächelnd verkündet er:
„Dann wollen wir uns mal auf die Strümpfe machen."
„Wissen Sie schon, wo der Zirkus sein Winterquartier hat?"
„Ja, in Greenwich. Aber zuerst gehen wir in die Hakman-Street", erklärt Perry verschmitzt.
„In die Hakman-Street?" Dickis Gesicht ist ein einziges Fragezeichen.
„Ja. Dort holen wir uns aus den Hills-Garagen ein Auto."
„Ein Auto?" Dickis Augen sind mit einem Male groß wie Mantelknöpfe.
„Ich habe mir einen Wagen gemietet", sagt Perry leichthin. „Schließlich sind es bis Greenwich eine erkleckliche Anzahl von Kurven und Ecken."
„Hurra!" brüllt Dicki und macht einen Luftsprung.
„Darf ich vorn sitzen?" will er wissen.
„Selbstverständlich!"

Stolz räkelt sich Dicki wenig später neben Perry Clifton in dem fast neuen Morris.
Wenn ein anderer Wagen überholt, wird sein Gesicht finster und der Fahrer des vorbeifahrenden Wagens erntet einen wütenden Blick. Dazu murmelt er zwischen den Zähnen: „Alter Angeber."
Perry selbst muß seine Aufmerksamkeit dem starken Verkehr widmen. Um diese Zeit scheint halb London unterwegs zu sein. Vor den Stoppstellen bilden sich mitunter unübersehbare Schlangen.
Erst nachdem sie die Lodgen-Street hinter sich haben, geht es flüssiger.
Perry wirft Dicki einen schnellen Seitenblick zu.
„Na, wie gefällt dir die Fahrerei, Dicki?"

„Gut. Schade, daß wir nicht schneller fahren können."
„Oh, ich habe keine Lust, mir ein Strafmandat einzuhandeln..."
„Haben Sie eigentlich eine Pistole eingesteckt, Mister Clifton?" will Dicki plötzlich wissen.
„Eine Pistole?" Perry ist überrascht. „Wozu soll ich denn eine Pistole brauchen?"
„Zum Verhaften. Oder glauben Sie, daß Madame Porelli so einfach mit zur Polizei geht?"
„Sie wird so von unserem Besuch überrascht sein, daß sie kaum an Gegenwehr denken wird."
„Ob man den Dackel auch ins Gefängnis sperrt?"
„Das glaube ich kaum", lacht Perry. „Mir ist jedenfalls kein Paragraph bekannt, nach dem Dackel wegen Diebstahls bestraft werden können."
„Aber was wird dann aus Jocky?"
„Wenn sich niemand findet, der ihn in Pflege nimmt, wird man ihn sicher in einem Tierheim unterbringen. Bist du nun zufrieden?"
„Hm... ich werde eben noch einmal mit Dad reden...", nimmt sich Dicki laut vor und macht dazu eine energische Miene. „Ich nehme Jocky einfach zu mir."
Um sechzehn Uhr dreißig erreichen Perry Clifton und Dicki Greenwich.
Um sechzehn Uhr vierzig sehen sie das alte Woarson-Stadion vor sich liegen, auf dessen verwahrlosten Rasenflächen dicht gedrängt sechsundzwanzig Wohnwagen und vierzehn Tier- und Gerätewagen stehen. Einige Seitenwände an den letzteren sind heruntergeklappt, und man kann die stabilen Gitterstäbe von Käfigen erkennen.
Aus den Kaminröhren mehrerer Wohnwagen kräuseln sich dünne Rauchfähnchen empor. Sie sind im Augenblick die einzigen Zeichen dafür, daß in dieser kleinen Zirkusstadt Leben ist, denn nirgendwo sieht man Menschen.

Rundherum ist ein blau-weiß-grüner Gatterzaun aufgerichtet, an dem in regelmäßigen Abständen Schilder hängen, deren Aufschriften besagen, daß das Betreten des Innenraumes verboten sei.
Perry Clifton fährt bis dicht an die Begrenzung heran. Als sie Sekunden später den Wagen verlassen, ist noch immer niemand von den Zirkusleuten zu sehen.
„Gibt es denn hier keine Tür?" fragt Dicki verwundert, dem das Herz plötzlich bis zum Hals hinauf schlägt.
„Anscheinend nicht!" gibt Perry zur Antwort. „Wenn wir uns dünn machen, können wir dort drüben durchkriechen", setzt er nach einem forschenden Rundblick hinzu und weist auf eine Stelle, wo sich zwischen zwei Gattern ein schmaler Durchlaß befindet.
„Oder willst du lieber im Wagen auf mich warten?"
Dicki schüttelt den Kopf, während seine Augen angestrengt auf Perrys Schuhspitzen ruhen.
„Ich gehe schon mit ... ich meine, wenn Sie Hilfe brauchen ..."
„Hm", macht Perry, und ernsthaft: „Das finde ich anständig von dir." Und mit einem: „Dann wollen wir mal", marschiert er auf den Durchlaß zu.
Vorsichtig Umschau haltend trottet Dicki ihm nach.
Der Zwischenraum ist so breit, daß sie ohne Schwierigkeiten hindurchkönnen. Doch kaum haben sie jenseits des Zaunes zehn Schritte gemacht, ruft eine heisere Stimme hinter ihnen:
„He, Sie da ... können Sie nicht lesen?"
Erschrocken fahren Perry und Dicki herum.
Auf der Treppe eines Wohnwagens entdecken sie einen finster dreinblickenden Mann, der langsam auf sie zukommt.
„Ich kann sogar recht gut lesen", erwidert Perry jetzt auf die nicht gerade freundliche Frage.

„Na also", schnarrt der andere, der in einem schmutzigen grau-grünen Overall steckt. „Dann werden Sie ja auch gelesen haben, was auf den Schildern steht: ,Betreten verboten' nämlich!"

„Stimmt, Mister. Aber nachdem wir keine Tür gefunden haben, sahen wir leider keine andere Möglichkeit als die, durch den Zaun zu kriechen ... Ich hoffe, daß Sie uns das nicht nachtragen werden."

Als der Mann im Overall den Spott in Perrys Stimme vernimmt, wird er noch unfreundlicher.

„Und was wollen Sie hier?"

„Schlicht und einfach: jemandem einen Besuch machen. Und da Sie sich hier gut auskennen, werden Sie mir sicher verraten können, wo der Wohnwagen von Madame Porelli steht."

Einen Atemzug lang malt sich Verblüffung auf dem Gesicht des Mannes. Doch dann verzieht es sich zu einem breiten Grinsen, und fast fröhlich antwortet er:

„Hören Sie mal, Sie ulkiger Vogel, ich bin hier als Tierpfleger und nicht als Hellseher."

Diesmal ist es an Perry, verblüfft zu sein. Entweder ist der Mann die Unverschämtheit persönlich – oder in seinem Oberstübchen ist etwas durcheinandergeraten.

Und da ihm letzteres wahrscheinlicher erscheint, beschließt er, sich entsprechend zu verhalten. Doch bevor er weiterfragen kann, weist der Tierpfleger auf einen sehr sauber gestrichenen Wohnwagen. Dazu krächzt seine verrostete Stimme:

„Sehen Sie dort den Wagen mit der Nummer eins? Das ist die Höhle von Direktor Paddlestone. Fragen Sie dort."

Sagt es, dreht sich um und verschwindet in Richtung der Tierwagen.

„Der ist aber wirklich unfreundlich ...", empört sich Dicki. „Ich hätte ihm am liebsten auf die Zehen getreten."

„Vielleicht hat er Ärger gehabt, und wir sind ihm gerade richtig gekommen ... Ich möchte nur wissen, was er mit dem ‚Hellsehen' meinte." Perry zieht die Augenbrauen zuzusammen. Eine Eigenart, die zeigt, daß er scharf nachdenkt.
„Gehen wir nun zum Direktor – oder nicht?" will Dicki wissen und schielt heimlich zum Wagen.
„Natürlich ... komm!"

Aus dem gepflegten Wohnwagen mit der Nummer eins ertönt leise Radiomusik.
Perry Clifton geht die vier Stufen hinauf und klopft verhalten an die Tür.
„Herein!" erklingt es freundlich, und Perry öffnet.
Ein älterer, grauhaariger Herr sitzt über einer Unmenge von Papieren, die über den ganzen Tisch verstreut liegen. Freundliche graue Augen mustern zuerst Perry, dann Dicki, der sich ebenfalls in den Wohnwagen geschoben hat.
„Entschuldigen Sie, Sir – sind Sie Direktor Paddlestone?"
„Ja, der bin ich höchstpersönlich. Artist?" verbindet Paddlestone die Antwort mit der Gegenfrage.
„Nein, Herr Direktor. Mein Name ist Perry Clifton .. das hier ist mein kleiner Freund Dicki ... Ich komme nur, um Sie um eine Auskunft zu bitten."
Direktor Paddlestone macht eine Handbewegung, die soviel heißen soll wie: Fragen Sie doch.
„Ich suche Madame Porelli. Wenn Sie mir sagen würden, welche Nummer ihr Wohnwagen hat."
Aus Paddlestones Augen spricht Bedauern.
„Da suchen Sie leider an der falschen Stelle."
„Wie soll ich das verstehen?" fragt Perry überrascht und spürt gleichzeitig, daß sich in ihm ein enttäuschendes Gefühl ausbreitet.

„So, wie ich sagte, Mister Clifton. Madame Porelli ist nicht mehr bei uns. Leider, muß ich hinzusetzen, denn sie war eine sehr gute Nummer."

Dabei zuckt er betrübt mit den Schultern.

„Hm, damit hatte ich eigentlich nicht gerechnet ..."

In Perrys Worten schwingt die ganze Enttäuschung mit, die ihn bei dieser Mitteilung befallen hat.

Direktor Paddlestone lehnt sich zurück, während er mit leiser Stimme erzählt:

„Als der Dackel Jocky verschwand, war nicht mehr mit ihr zu sprechen. Wochenlang verkroch sie sich in ihrem Wohnwagen oder an Orten, die ich nicht kenne. Sie sprach mit niemandem, und wer sie besuchen wollte, mußte an ihrer Tür kehrtmachen ... Als sie dann nach Wochen wieder zum Vorschein kam, schimpfte sie nur noch. Und sie schimpfte über alles. Am meisten jedoch über die Polizei, die nach ihrer Meinung völlig unfähig sei und außerstande wäre, ihren Hund wieder herbeizuschaffen ..."

„Und wann hat sie den Zirkus verlassen?" will Perry wissen.

„Es war irgendwann in der zweiten Septemberhälfte."

„Hat sie denn in London eine Wohnung?"

„Nicht daß ich wüßte. Sie schwor auf das Leben im Wohnwagen. Und ich muß zugeben, daß sie auch ganz passabel eingerichtet war."

„Ah, sie besaß einen eigenen Wohnwagen ..." horcht Perry auf.

„O ja..."

Perry Clifton kneift ein wenig die Augen zusammen. Und dann schießt er seine wichtigste Frage ab:

„Wissen Sie, Herr Direktor, wo sich Madame Porelli zur Zeit aufhält?"

Paddlestone denkt einen Augenblick nach. Dann antwortet er:

„Wenn ich mich nicht irre, so soll sie ihren Wohnwagen irgendwo in Chelsea aufgestellt haben. Aber fragen Sie mich nach keiner Adresse – ich wüßte es tatsächlich nicht."

„Bei Tante Millie", entfährt es da Dicki, der die ganze Zeit aufmerksam zugehört hat...

Perry Clifton findet, daß es an der Zeit sei, sich zu verabschieden. Er ist überzeugt, daß der Direktor alles gesagt hat, was er wußte.

„Es tut mir leid, daß ich Sie gestört habe, Herr Direktor. Auf alle Fälle bin ich Ihnen dankbar..."

„Nichts für ungut, junger Mann. Sollten Sie Madame Porelli begegnen, sagen Sie ihr viele Grüße von mir. Und richten Sie ihr aus, daß James Paddlestones Unternehmen ihr stets offenstünde."

„Ich werde es ausrichten, Sir!" erwidert Perry und verabschiedet sich mit einer freundlichen Verbeugung.

Von Greenwich über Newington zum Stadtteil Chelsea sind es runde zwanzig Kilometer. Und da Perry und Dicki dazu noch in eine Verkehrsstauung geraten, ist es bereits stockfinster, als sie endlich in Chelsea eintreffen. Und bald müssen sie die Erfahrung machen, daß es einfacher ist, in einem ausverkauften Fußballstadion einen bestimmten Mann zu finden, als im Häusermeer von Chelsea einen einzelnen Wohnwagen...

Nachdem sie ein Dutzend Polizisten vergeblich um Rat gefragt haben, scheint Dicki der rettende Gedanke zu kommen.

„Wissen Sie was, Mister Clifton? Wir gehen einfach zu Tante Millie. Wenn die es nicht weiß, weiß es niemand. Tante Millie hört nämlich das Gras wachsen und die Flöhe niesen..."

„Aber Dicki..."

„Großvater sagt immer, daß Tante Millie den Leuten schon auf hundert Meter ansähe, ob sie noch einen Weisheitszahn hätten oder nicht."

„Was würdest du wohl machen, wenn du keinen Großvater zitieren könntest?" gibt Perry lächelnd zu bedenken.

„Ach, Großmutter ist auch ein ganz fideles Haus... Wenn sie nur nicht so schnarchen würde..."

Während dieser kurzen Unterhaltung sind Perry und sein Freund wieder am Wagen angelangt.

„Wo wohnt denn Tante Millie?" erkundigt sich Perry, während er den Wagen startet.

„Auckland-Street."

„Nummer?"

„Siebzehn."

Nach zehn Minuten Fahrzeit stoppt Perry Clifton den Wagen vor der angegebenen Adresse. Tante Millie ist zu Hause.

Nach ihrer überschwenglichen Begrüßungszeremonie, die Dicki kurzerhand abbricht, indem er ihr einen Kuß gibt, müssen die beiden Detektive erfahren, daß die gute Tante Millie nicht die leiseste Ahnung von Madame Porellis Aufenthaltsort hat.

Aber sie wartet mit einer Idee auf. Sie erinnert sich nämlich des „braven Tom Farker", der im gleichen Haus wohnt und den ehrenwerten Beruf eines Briefträgers ausübt.

Mit der Feststellung: „Wenn der es nicht weiß, dann weiß es niemand", beschließt Tante Millie ihren grandiosen Einfall.

Und Perry und sein Freund Dicki haben Glück. Unverschämtes Glück sogar. Nachdem der „brave Tom Farker", wie ihn Tante Millie nannte, einige Sekunden krampfhaft auf seinem Daumennagel herumgekaut hat, geht ein Leuchten über sein Gesicht.

„Jetzt ist es mir eingefallen", verkündet er triumphierend. „Sie hat ihren Wagen im Hof eines leerstehenden Hauses in der Wingert-Street stehen..."
Glücklich drückt ihm Perry eine Pfundnote in die Hand. Darüber wiederum ist der „brave Tom Farker" so gerührt, daß er die beiden unbedingt hinführen möchte. Perry Clifton muß seine ganzen Überredungskünste aufwenden, um ihn davon abzuhalten.
„Ich finde es schon, Mister Farker", dämpft Perry Farkers Unternehmungslust und wendet sich der Tür zu.
„Na, dann viel Vergnügen!" ruft ihnen der Briefträger noch nach, der natürlich keine Ahnung hat, warum die beiden so hinter dieser Madame Porelli her sind.

Eine knappe halbe Stunde braucht Perry, bis er endlich das Schild mit der Aufschrift „Wingert-Street" entdeckt. Langsam fährt er zweimal die Straße in beiden Richtungen auf und ab. Dann ist er ganz sicher, daß er die richtige Stelle gefunden hat.
Er schaltet den Motor ab und läßt den Wagen ausrollen. Das Jagdfieber hat ihn gepackt.
Einen Augenblick denkt er daran, seinen Freund Dicki im Auto zu lassen. „Ist es leichtsinnig, wenn ich ihn mit in die Sache hineinziehe?" überlegt er. Aber schließlich war es ja Dicki, der ihn auf die richtige Spur gebracht hat.
Mechanisch drückt er den Knopf für das Außenlicht hinein und zieht den Zündschlüssel heraus.
„Die Toreinfahrt dort drüben ist die einzige Möglichkeit", sagt er zu Dicki und zeigt auf ein düsteres, massiges Gebäude.
„Ob da niemand wohnt?" fragt Dicki gepreßt.
„Anscheinend nicht. Vielleicht soll es abgerissen werden."
Und mit einem forschenden Seitenblick erkundigt er sich: „Hast du jetzt etwa Angst, Dicki?"

„Überhaupt nicht, Mister Clifton!" beeilt sich Dicki zu versichern, und er versucht den Kloß in seinem Hals hinunterzuschlucken. „Aber ob es nicht besser gewesen wäre, wenn wir einen Polizisten mitgenommen hätten?"
„Ich glaube, daß das überflüssig ist ... Bis jetzt wissen wir weder, ob ihr Wohnwagen noch da ist, und wenn, ob sie überhaupt zu Hause ist."
Die abgelegene Wingert-Street wirkt fast ausgestorben. Nur hin und wieder tauchen die Scheinwerfer eines Fahrzeuges auf, die für Bruchteile von Sekunden das matte Licht der Straßenlaternen unterstützen.
Perry Clifton und Dicki Miller wenden sich der dunklen Toreinfahrt zu.
Ihre Schritte hallen ein wenig, als sie darunter durchschreiten.
Es riecht nach Abfall und Moder. Aber noch ein anderer Geruch liegt in der Luft. Es ist der Geruch von Rauch. Schnell haben sie die wenigen Meter der Toreinfahrt durchschritten und starren entgeistert auf das unheimliche Durcheinander von Geröll, alten Ziegelsteinen, Blechbüchsen und sonstigem Gerümpel, das auf dem anschließenden geräumigen Hof zu sehen ist. Es hat ganz den Anschein, als würden die Bewohner der umliegenden Häuser hier eine Art privater Müllhalde unterhalten.
Und noch etwas sehen die beiden. Sie sehen den Wohnwagen, der in der hintersten linken Ecke steht.
Unfaßbar, daß sich Madame Porelli in so eine Umgebung zurückgezogen hat. Oder nicht? Vielleicht gerade, weil es hier alles andere als einladend ist.
Sie entdecken auch die Ursache des Rauchgeruchs von eben. Aus dem winzigen runden Ofenabzug steigt eine helle, dünne Rauchfahne auf. Und daß Licht in dem Wagen brennt, erkennen sie an Tür und Fenster, die nicht genügend abgedichtet sind.

Perry Clifton faßt Dicki an der Hand und geht unter Vermeidung aller Geräusche auf den Wohnwagen zu.
Vor der Treppe angekommen, verhalten sie den Schritt, während Perry lauschend den Kopf hebt... doch kein Laut ist zu hören.
„Dann wollen wir mal schön artig klopfen", flüstert Perry Dicki zu und tastet sich die wenigen Stufen zur Tür hinauf. Dichtauf folgt Dicki.
Perry Clifton hebt die Hand, und dann hämmern seine Finger mehrere Male kurz und hart gegen das Holz.
Sie halten den Atem an... Nichts... keinerlei Reaktion...
Perry hat schon die Hand gehoben, um sein Klopfen zu wiederholen, als er ein Geräusch hört. Es klingt wie das Schlürfen von Schuhen...
„Wer ist draußen?" tönt es plötzlich dicht hinter der Tür. Perry fühlt, wie ihm ein Schauer über den Rücken läuft, denn er hat die Stimme erkannt. Es gibt keinen Zweifel: So tief kann nur Madame Porellis Organ sein.
„Mein Name ist Perry Clifton... Ich komme vom Zirkus Paddlestone", antwortet er und spürt, wie sich Dickis Finger bei diesen Worten in seine Jacke krallen.
„Einen Augenblick..."
Ein Schlüssel dreht sich im Schloß. Als sich die Tür öffnet, müssen Perry und Dicki für einen Moment geblendet die Augen schließen.
„Da ist noch jemand", ertönt Madame Porellis Stimme wieder. Diesmal sehr mißtrauisch.
„Das ist mein kleiner Freund Dicki", beschwichtigt Perry.
„Treten Sie ein!"
Während Dicki die Tür schließt, wandern Perrys Blicke blitzschnell durch den Wohnwagen. Paddlestone hat tatsächlich nicht zuviel gesagt: Madame Porelli ist für die Verhältnisse eines Wohnwagens vorzüglich eingerichtet.

„Nehmen Sie Platz ... du auch ..."
Vorsichtig leistet Dicki dieser Aufforderung Folge, indem er sich auf die äußerste Kante eines marokkanischen Sitzkissens hockt.
Perry dagegen läßt sich betont nachlässig in einen Sessel sinken.
Madame Porelli ist mit einer Art Kimono bekleidet, der ihr fast bis an die Zehenspitzen reicht. Im Haar trägt sie eine stattliche Reihe metallener Lockenwickler, die sie mit einem lose geschlungenen Kopftuch zu verbergen sucht.
„Schickt Sie der alte James Paddlestone zu mir?" fragt sie und mustert Perry intensiv, als wolle sie ergründen, ob sie ihn schon einmal gesehen habe.
„Nicht direkt", erwidert Perry und setzt ein charmantes Lächeln auf. „Er hat mir nur gesagt, wo ich Sie ungefähr finden kann."
„Und Sie haben mich gefunden", stellt Madame Porelli fest. Wieder ist das Mißtrauen in ihren Augen. „Sie haben das Zeug zu einem Detektiv!"
Perry durchfährt es siedend heiß. Während er noch überlegt, ob er sie sofort mit seiner Anschuldigung überrumpeln soll, hat Madame Porelli nach einer Flasche gegriffen.
„Trinken Sie einen Whisky mit mir?"
Perry nickt.
„Milch habe ich leider nicht im Wagen", fügt Madame Porelli hinzu und wirft dabei einen Blick auf Dicki, der noch immer unbeweglich auf seinem Kissen sitzt.
„Zum Wohl, Mister Gripsten!"
„Clifton, Madam ... ganz einfach Clifton", verbessert Perry freundlich. Er hat sich jetzt wieder völlig in der Hand ... Und nach dem ersten Schluck nickt er anerkennend.
„Ausgezeichnet, dieser Tropfen. Schmeckt fast so gut wie geschmuggelter Whisky."

Madame Porelli läßt ein tiefes, dröhnendes Lachen hören. Doch dann richtet sie sich abrupt auf. Alle Freundlichkeit ist mit einem Male wie fortgewischt.

„Also – was wollen Sie von mir? Daß Sie kein Theater- oder Varieté-Agent sind, sieht man Ihnen auf hundert Meter an."

„Ich bin Privatdetektiv, Madam", erwidert Perry, als sei das die natürlichste Sache der Welt. Doch so ruhig, wie er nach außen hin erscheint, ist er innerlich nicht. Alles in ihm ist gespannt.

„Privat ... Privatdetektiv?" Madame Porelli scheint ehrlich verblüfft zu sein. Keine Angst – kein Erschrecken, registriert Perry Clifton in einem Hinsehen.

„Privatdetektiv?" fragt die Artistin jetzt noch einmal.

„Ganz Recht, Madam."

Und dann geht plötzlich eine seltsame Veränderung mit ihr vor.

Ihr eben noch verkniffener Mund entspannt sich. In den eben noch voller Mißtrauen sprühenden Augen glimmt Hoffnung auf. Und voller Hoffnung ist auch ihre Stimme, die jetzt alle Härte verloren hat.

„Wissen Sie vielleicht etwas über Jocky, Mister Clifton?"

„Einiges, Madam!" antwortet Perry und hat Mühe, seine Verwirrung zu verbergen.

„Erzählen Sie ... nun reden Sie doch schon ..."

„Ich weiß nicht, ob Ihnen meine Geschichten sonderlich gut gefallen werden."

„Mir ist alles egal ... wenn ich nur die Wahrheit erfahre ... also – was ist mit meinem Hund?"

Perry Clifton, der mit der hundertprozentigen Gewißheit von Madame Porellis Schuld hierherkam, ist unsicher geworden. Und je größer seine innere Unsicherheit wird, desto stärker fühlt er in sich das Bedürfnis, diese Unsicherheit nicht zu zeigen.

Als er jetzt unverschleiert über seinen Verdacht zu sprechen beginnt, ist seine Stimme voller Kälte.
„Seit einiger Zeit, Madam, werden in Londoner Kaufhäusern raffinierte Trickdiebstähle begangen. Bei der Diebin handelt es sich um eine Frau ... eine Frau in Ihrem Alter ... Die Frau besitzt eine tiefe, fast männliche Stimme. Eine Stimme – wie Sie! Und wissen Sie, was das Originellste an ihrem Trick ist? Diese Frau benutzt als Komplizen einen Dackel ... einen Dackel, wie Sie ihn besitzen ..."
Perrys Augen sind zuletzt fast starr auf die Porelli gerichtet, die bewegungslos und zusammengesunken dasitzt. Das einzige Bewegliche an ihr sind die Finger, die pausenlos an den Fransen der Tischdecke zupfen.
Doch nun kommt Leben in sie. Die Hände ballen sich zu Fäusten. Die zusammengesunkene Gestalt richtet sich ruckartig auf, während aus ihren Augen ein dunkles Feuer lodert.
Ihre Lippen bewegen sich kaum, als sie mit dumpfer, bebender Stimme fragt:
„Soll das heißen, daß ...?" Sie beendet den Satz nicht.
Perry nickt kurz.
„Genau, Madame Porelli. Ich verdächtige Sie ..." Und leise setzt er hinzu: „Bisher bin ich wohl auch der einzige."
Madame Porelli ist aufgesprungen. Fäusteschüttelnd steht sie vor Perry Clifton, und aus ihrem Mund dröhnt es wie Donner:
„Wäre ich ein Mann, Mister Clifton, dann würde ich Ihnen jetzt eine Tracht Prügel verabreichen, daß Sie auf der Nase nach Hause gehen müßten ..." Sie holt tief Luft.
„Sehr liebenswürdig" ist alles, was Perry erwidern kann.
„Da ich aber kein Mann bin, werde ich mich eines anderen Mittels bedienen."
„Und – was haben Sie vor?" Perry fühlt sich plötzlich

gar nicht mehr wohl in seiner Haut. Und irgendeine Stimme in seinem Innern scheint ihm sagen zu wollen, daß er eine große Dummheit begangen hat.
„Ich werde auf der Stelle zur Polizei gehen", sprudelt es aus Madame Porelli heraus. „Sie kommen hierher ... Sie verdächtigen mich, Sie ... Sie ... Sie Flegel ... Und Sie wagen es, mir in meinen eigenen vier Wänden solche Ungeheuerlichkeiten an den Kopf zu werfen ..."
Auf ihren Wangen haben sich rote Flecken gebildet.
„Aber, Madame Porelli, Mister Clifton hat es doch gar nicht so gemeint ..."
Dickis Stimme ist voller Angst und Entsetzen. Und im Geist sieht er sich von einer langen Reihe Polizisten abgeführt.
„Nicht so gemeint? Was soll das heißen ...?" Für einen Augenblick hat sich Madame Porelli Dicki zugewandt, der zitternd neben seinem Sitzkissen steht. Jetzt dreht sie sich wieder Perry zu.
„Hören Sie, junger Mann: Ich will Ihnen eine Chance geben. Aber nur diesem kleinen Bengel zuliebe. Sie werden sich auf der Stelle bei mir entschuldigen, und ich will die Angelegenheit vergessen .."
Perry wirft rasch einen Blick auf Dicki. Und als er dessen Angst und Hilflosigkeit sieht, beschließt er, auf Madame Porellis Rat und Vorschlag einzugehen. Die erste Runde geht an sie, denkt er und knirscht leise mit den Zähnen.
„Also meinetwegen ... es tut mir leid, Madame Porelli .."
„Gut, vergessen, Mister Clifton."
Ihre Empörung ist verrauscht. Und fast liebenswürdig kommt es aus ihr heraus:
„Sehen Sie hier einen Hund, Mister Clifton?"
„Nein, das nicht, aber ..."
„Wann fanden die Diebstähle statt?"
„Innerhalb der letzten vierzehn Tage."

„Sie sind ein schlechter Detektiv, Mister Clifton. Bevor Sie jemand verdächtigen, sollten Sie sich ein wenig um sein Alibi kümmern ... so nennt man das wohl ..." Ihre Stimme ist mit einem Male voller Spott. Und fast genießerisch läßt sie folgende Erklärung auf ihren Lippen zergehen: „Begeben Sie sich doch mal in das Krankenhaus in der Baker-Street und fragen Sie dort nach, wann Miß Porelli aus dem Krankenhaus entlassen wurde ..." Und mit scharfer Stimme: „Und jetzt sehen Sie zu, daß Sie aus meinem Wagen verschwinden, sonst gehe ich wirklich noch zur Polizei, obgleich ich für diese nutzlose Einrichtung nichts übrig habe."

Jan Krenatzki wittert einen guten Kunden

Auf der Fahrt von Chelsea nach Norwood sind Perry Clifton und Dicki Miller ziemlich schweigsam. Während letzterem noch der Schreck in den Gliedern sitzt – schließlich sind sie ja um Haaresbreite am Gefängnis vorbeigekommen, denkt er –, hat Perry Mühe, seine Niedergeschlagenheit zu verbergen.
Sie waren vorhin noch am St.-James-Krankenhaus vorbeigefahren, wo man ihnen bestätigte, Miß Porelli sei nach dreiwöchiger Behandlung vorgestern entlassen worden.
Trotz dieser Eindeutigkeit bohrt etwas in Perry Clifton. Er weiß es nicht zu deuten, obwohl er pausenlos versucht, dahinterzukommen.
„Ich kann mir nicht helfen. Irgendwo ist da ein Haken ..." murmelt er leise vor sich hin. Dicki hat es gehört.
„Aber wenn Madame Porelli doch im Krankenhaus war ..." Dicki scheint mit seinem Freund gar nicht mehr

einverstanden zu sein. Aber da ist noch eine Frage, die ihn bewegt: „Warum nennt sie sich eigentlich Madame Porelli, wenn sie doch eine Miß ist?"
„Das gehört zu ihrem Artistennamen, vermutlich", erwidert Perry abwesend und fügt hinzu: „Solche Leute schmücken sich gern mit ausländischen Beinamen. Madame klingt schließlich besser als Madam. Aber glauben wir mal, daß Madame Porellis Dackel wirklich gestohlen wurde", spinnt Perry den Faden weiter. „Dann muß es jemand gewesen sein, der den Hund genau kannte, und der auch dem Tier vertraut war. Also eine Person aus der unmittelbaren Umgebung der Porelli."
„Einer vom Zirkus?"
„Oder eine vom Zirkus?" verbessert Perry.
„Es tut mir leid, daß wir Madame Porelli Unrecht getan haben."
„Viele Menschen irren sich, Dicki. Und oft stellt sich hinterher sogar noch der Irrtum als Irrtum heraus!" antwortet Perry zweideutig.
Doch Dicki hat den Sinn dieser Worte nicht ganz begriffen. „Was wollen Sie denn nun machen?"
„Ich werde mir am Montag für ein paar Tage Urlaub nehmen ... Ich werde das Geheimnis dieser seltsamen Schmuckdiebstähle aufdecken, koste es, was es wolle..."

Den ganzen Montagvormittag treibt sich Perry Clifton beim Zirkus Paddlestone herum. Er fragt diesen, fragt jenen. Doch es ist alles umsonst. Niemand kann ihm etwas von Bedeutung sagen, und so kehrt er kurz vor zwei Uhr wieder in seine Wohnung in Norwood zurück. Perry Clifton hat keine Ahnung, daß zu diesem Zeitpunkt irgendwo in London Vorbereitungen für einen neuen dreisten Diebstahl getroffen werden.

Es ist inzwischen fast sechzehn Uhr geworden. Trotz der an sich noch frühen Stunde brennen schon die Straßenbeleuchtungen in der City und das unübersehbare Meer der tausendfachen Leuchtreklamen blitzt und schillert in allen Farben.
Vom Turm des Parlamentsgebäudes schlägt Big Ben gerade die vierte Nachmittagsstunde, als eine Taxe von der Holler-Street kommend in die schmale Wourcester-Street einbiegt.
Nach knappen hundert Metern stoppt der Wagen.
Eine halbe Minute vergeht, dann öffnet sich der Fond, und ein kleiner schwarzer Schatten huscht heraus ... es folgt ein schlanker Herr, der jetzt dem Taxichauffeur kurz zunickt. Der Motor heult auf, und mit quietschenden Reifen biegt das Auto um die nächste Straßenecke.
Gemächlich schlendert der Herr über die Straße. Er trägt einen dunklen, nach Maß geschneiderten Anzug. Über dem angewinkelten Arm hängt in vornehmer Manier ein Schirm, und der Kopf wird von einer glänzend schwarzen Melone bedeckt.
Das Auffälligste jedoch an der Erscheinung des eleganten Gentlemans ist das dichte, schneeweiße Haar, das rechts und links unter dem Hut hervorlugt. Gleichermaßen eine Bestätigung des Alters ist der dichte, ebenfalls schneeweiße Vollbart.
Der Weißhaarige hat jetzt die Nummer 17 der Wourcester-Street erreicht. Er steht vor dem Schaufenster eines kleinen Ladens.
Kritisch mustert er die Auslagen in dem sehr kleinen Schaufenster, auf dessen ungeputzter Scheibe in gelber Farbe geschrieben steht, daß sich der Inhaber mit dem An- und Verkauf von Gold und Edelsteinen befaßt.
Der vornehme alte Herr legt die Hand auf die Klinke ...

Jan Krenatzki, der aus Krakau eingewanderte polnische Händler, hat minutenlang das Kommen des alten Gentlemans beobachtet.
Als Krenatzki sicher war, daß der Gentleman zu ihm wollte, rieb er sich in Erwartung eines guten Geschäftes die Hände und eilte in den hinteren Teil seines Ladens.
Es ist immer gut, wenn man einen vielbeschäftigten Eindruck macht. So etwas erhöht das Renommee und – die Preise...
Ein zufällig in den Laden geratener Kunde würde wohl kaum vermuten, daß bei Jan Krenatzki auch kostbare Dinge zu kaufen oder zu verkaufen sind.
Der Duft von Mottenpulver und Knoblauch vermischt sich mit dem penetranten Geruch, den alter Trödel an sich zu haben pflegt.
Und so gemischt wie der Geruch ist auch das Repertoire der zum Verkauf stehenden, liegenden oder hängenden Sachen.
Aufgereiht an einer Messingstange hängen Fräcke neben Straßenanzügen, Cutaways neben Maskenballkostümen, Smokings neben Kleidern verschiedener Modeepochen. Es hängen Hieb-, Stich- und Schußwaffen an den Wänden. Alte Petroleumlampen und Ölbilder unbekannter Maler dazwischen. Dazu eine Unmenge kunstgewerblicher und handwerklicher Gegenstände. Uralte Kochbücher, Seekarten aus der Zeit Napoleons, Vogel- und Papageienkäfige, Gips- und Bronzebüsten und ein wurmzerfressenes Harmonium vervollständigen das Sammelsurium.
Als die Ladenglocke anschlägt, beginnt Jan Krenatzki angeregt in einem Regal zu wühlen.
„Guten Tag", wünscht der weißhaarige Gentleman mit einer tiefen Stimme.
Langsam wendet sich Krenatzki dem Kunden zu. Ein freundliches Grinsen überzieht sein faltiges Gesicht.

„Guten Abend, Sir", antwortet er in hartem Englisch.
„Was haben Sie für Wünsche ... womit kann Ihnen Jan Krenatzki dienen?"
„Sie kaufen und verkaufen Gold und Edelsteine?" erkundigt sich der Weißhaarige.
„Wie Sie es zu wünschen haben", nickt Krenatzki. „Möchten Sie verkaufen? Oder möchten Sie kaufen, Sir? Kommen sehr viel oft feine Leute der Gesellschaft zu Jan Krenatzki, weil sie wissen, daß zahlt Jan Krenatzki gute Preise ..."
„Ich möchte etwas kaufen ..."
Über Krenatzkis Gesicht breitet sich ein zufriedener Ausdruck. Und dann stutzt er doch ein wenig. Nämlich als der Gentleman sagt:
„Mein Freund, der Lord Orturby, hat mir erzählt, daß er bei Ihnen ein paar ausgezeichnete Steine gekauft hat."
„Lord Orturby ...? Ich kann mich gar nicht erinnern an Seine Lordschaft ... Na", setzt er dann in freier Selbsterkenntnis hinzu: „Jan Krenatzki wird langsam alt."
„Das wird wohl daran gelegen haben, daß sich Lord Orturby nicht zu erkennen gab ...", tröstet der Weißhaarige.
„Mag sein ... und Sie, Mylord, was haben Sie für einen Wunsch?"
„Ich suche ein paar schöne große Diamanten für ein Kollier ... Und ich muß Ihnen sagen, daß ich schon in einer Reihe von Geschäften war und nirgends das Richtige gefunden habe."
„Werde ich Ihnen vorlegen, Sir, ein paar selten schöne Stücke!" versichert Jan Krenatzki eifrig. „Möchte ich Sie aber bitten, zu haben ein wenig Geduld, Sie werden verstehen, daß ich habe so große Kostbarkeiten nicht hier in Laden ..."
„Nehmen Sie sich nur Zeit, Mister Krenatzki ... wenn Sie erlauben, öffne ich inzwischen die Tür einen Spalt ... Ich

bekomme immer Beklemmungen, wenn ich mich in so kleinen Räumen aufhalten muß."
„Machen Sie nur auf, Mylord ... ich bin gleich zurück ..."
Während Jan Krenatzki eilig nach hinten schlurft, geht der Mann zur Tür und öffnet sie ...
Drei Minuten vergehen.
Ungeduldig wippt der Weißhaarige mit dem Schirm auf und ab. Dabei blickt er immer wieder auf seine Armbanduhr. Eine Armbanduhr, die schon vorhin Jan Krenatzki stutzen ließ.
Vier Minuten ...
Für die im Laden befindlichen Gegenstände scheint sich der Kunde überhaupt nicht zu interessieren.
Da endlich ...
Krenatzkis Schlurfen klingt auf. Eine Viertelminute später steht er wieder im Laden.
Seine Hände umklammern eine eiserne Kassette, die er fest auf den Bauch gepreßt hält.
„So, Jan Krenatzki ist schon zurück", ruft er freundlich grinsend und stellt den Eisenkasten auf die Ladentheke.
„Eine schöne Kassette", bewundert der Kunde und streicht über das kühle Metall.
„Ja, ist alte polnische Schmiedearbeit ... habe ich geerbt von meinem Vater ... und der hat sie geerbt von seinem Vater ..."
Einen Augenblick verharrt Krenatzki in andächtiger Bewunderung. Das tut er in solchen Fällen immer, denn das macht Eindruck. Wozu soll er sagen, daß er die Kassette für wenige Shillings von einem Alteisenhändler in Soho gekauft hat?
„Nun lassen Sie schon sehen", fordert die tiefe Stimme des Kunden mürrisch und ungeduldig.
Krenatzki nimmt den Behälter und stellt ihn auf einen Hocker hinter dem Verkaufstisch. Umständlich fingert er

anschließend an einem umfangreichen Schlüsselbund herum ...
Als er wenig später einen herrlichen Stein vor den Weißhaarigen hinlegt, blitzt es in dessen Augen überrascht und gierig auf.
„Bitte, Mylord ... wie gefällt Ihnen dieser Diamant? Hat er doch einmaliges Feuer ... und gute zwei Karat."
Selbstvergessen ruhen die begehrlichen Blicke des Kauflustigen auf dem Stein. Es handelt sich wahrhaftig um ein selten schönes Exemplar.
„Ich dachte, daß jeder Stein nicht mehr als ein Karat haben sollte ... Dafür brauchte ich zwölf Stück ..." murmeln seine Lippen.
„Zwölf ... zwölf Steine??" stottert Jan Krenatzki ehrfurchtsvoll und rechnet sich aus, was er verdienen würde, wenn er zwölf Einkaräter besäße ... Aber die besitzt er tatsächlich nicht. Und um der Wahrheit die Ehre zu geben: Der Zweikaräter stellt im Augenblick seinen einzigen Besitz dar.
„Was kostet denn dieser zum Beispiel?"
Krenatzki schöpft neue Hoffnung.
Er verzieht sein Gesicht zu einer Miene, von der er glaubt, daß sie besonders bieder sei.
„Würde ich Ihnen einen schönen Preis machen, Mylord ... Dreihundertfünfzig Pfund ... bitte sehr, sagen Sie selbst, ist fast geschenkt ..."
„Sie haben recht, Mister Krenatzki, fast geschenkt."
Der Händler schluckt schwer. Warum habe ich nicht fünfhundert verlangt? hadert er und gibt sich im Geist eine fürchterliche Ohrfeige.
Und da geschieht es.
Der Weißhaarige legt den Diamanten auf den Verkaufstisch. Als er die Hand zurückzieht, streift er dabei den Stein herunter ...

Es entfährt ihm ein bedauerndes: „Oh!", während er schnell einen Schritt zurücktritt...
„Warten Sie, ich komme...", ruft Krenatzki und schlappt mit eiligen Schritten herbei. „Hoffentlich ist er nicht..."
Mitten im Satz verstummt er. Seine Augen blicken entgeistert auf etwas zu seinen Füßen.
Doch da hat er seine Sprache schon wiedergefunden.
„He, was ist das für ein Hund..." Er macht ein paar eilige Schritte auf die noch offenstehende Tür zu. Aber er kommt zu spät.
Mißmutig wendet er sich seinem Kunden zu.
„Was für Hund?"
„Er stand schon eine Weile hier... Ich dachte, es sei Ihr Hund, Mister Krenatzki", erwidert der Weißhaarige.
Krenatzkis Stimme ist voller Erregung, denn plötzlich kehrt auch die Erinnerung an den heruntergefallenen Stein wieder.
Während er sich auf dem Fußboden niederläßt, erklärt er: „Wird sich halten Jan Krenatzki einen Hund, wo er selbst hat kaum genug zu essen... wo ist der Stein, Sir?"
„Er muß hier liegen. Weit kann er nicht gerollt sein..."
„Ich sehe ihn nicht... ich sehe ihn nicht... Mylord", jammert der Händler. Doch da durchzuckt ihn ein fürchterlicher Verdacht. Hastig richtet er sich auf.
„Oh, Mylord, sollte der Köter..."
Der Weißhaarige winkt lässig ab.
„Reden Sie keinen Unsinn, Mister Krenatzki. Seit wann fressen Hunde Edelsteine. Für einen Diebstahl käme da wohl höchstens eine Elster in Frage..."
„Ich bitte Sie, Mylord", jammert Krenatzki weiter. „Kann dem Stein Flügel gewachsen sein...?"
„Sie sollten mal den ganzen Plunder dort zur Seite rükken", empfiehlt der Weißhaarige wenig freundlich und weist auf das wurmstichige Harmonium.

Jan Krenatzki ist nicht beleidigt. Unermüdlich tasten seine Hände den Boden ab.
„Es tut mir leid, Mister Krenatzki, aber ich werde doch wohl in ein anderes Geschäft gehen müssen..."
Wie von einer Viper gebissen springt Krenatzki auf.
„Aber Sie können doch nicht einfach gehen, Mylord.. und mich allein lassen in meine Not..."
„Glauben Sie denn, Mann, daß ich da unten mit auf dem Boden herumrutsche?"
Der Weißhaarige macht einen kleinen Sprung zur Seite. Dabei zischt er unwirsch:
„Was soll das Gefummel an meinen Beinen?"
Jan Krenatzki hat sich des einen Beines seines vermeintlichen Kunden bemächtigt und fingert aufgeregt an dessen Hosenbeinen herum.
„Vielleicht ist Stein in Hosenaufschlag..."
„Zum Teufel, da müßte ich ja was gemerkt haben. Sehen Sie lieber unter Ihrem alten Krempel nach..." Und pikiert ergänzt er: „Lord Orturby muß betrunken gewesen sein, als er mir Ihren Laden empfahl."
Jan Krenatzki läßt sich nicht stören. Schnaufend untersucht er jetzt den Aufschlag des zweiten Hosenbeines. Als er auch da nichts findet, setzt er sich stöhnend auf den Fußboden und schlägt die Hände vors Gesicht.
„Heilige Mutter von Tschenstochau, was soll ich machen nur?"
Der Weißhaarige stampft kurz mit dem Fuß auf den Boden. Und voller Verachtung ist seine Stimme, als er jetzt mit grimmiger Miene erklärt:
„Ich habe genug von diesem Theater. Es gibt in der Stadt schließlich noch andere Geschäfte..."
Er geht auf die Tür zu.
„Aber Sie können nicht..." tönt Krenatzkis weinerliche Stimme auf.

„Auf Wiedersehen!" Der weißhaarige Gentleman lüpft kurz seine Melone und verläßt kurzerhand den Laden. Krenatzki sieht ihm wie vom Donner gerührt nach... Doch dann wird er lebendig... Er wird etwas unternehmen.

Das Hausboot auf der Themse

Die Ereignisse beginnen sich zu überstürzen.
Kurz nach siebzehn Uhr fünfzehn hat Perry Clifton seinen Freund Scotty Skiffer bei Scotland Yard angerufen, um mit diesem über die mysteriösen Schmuckdiebstähle zu sprechen. Aber Scotty ist schon in Hut und Mantel und hat nur eine halbe Minute Zeit. Doch die wenigen Worte, die sie austauschen, reichen, um Perry zum Explodieren zu bringen. Mit einem Schimpfwort stürzt er aus der Telefonzelle und hastet im Hundertmetertempo zu seiner Wohnung, um den Schlüssel des Mietwagens zu holen.
Um ein Haar rennt er dabei Dicki Miller über den Haufen, der just in diesem Augenblick gelangweilt aus der Haustür tritt.
„Hoppla", stammelt Dicki erschrocken.
„Nanu, Dicki, wo willst du denn hin?" keucht Perry und ringt nach Luft.
„Bei mir ist niemand zu Hause... und Sie waren auch nicht da", antwortet Dicki. „Warum sind Sie denn so außer Puste?"
Perry hat keine Zeit für langatmige Erklärungen.
Hastig zeigt er zu dem Mietwagen hinüber:
„Du kannst mitfahren, Dicki. Geh schon zum Auto, ich muß nur noch die Schlüssel holen." Und mit Riesenschritten eilt er die Treppen zum vierten Stock hinauf.

Dicki schlendert mittlerweile kopfschüttelnd zu der hellblauen Limousine aus den Hills-Garagen.
„Wohin fahren wir eigentlich, Mister Clifton?" will er Minuten später wissen, während sie mit vierzig Meilen dahinfahren.
„Der Dackel war wieder am Werk. Diesmal soll es ein Herr gewesen sein...", gibt Perry Auskunft. Und Dicki wie aus der Pistole geschossen:
„Sehen Sie, Mister Clifton, wie wir Madame Porelli Unrecht getan haben." Befriedigt lehnt er sich nach dieser Feststellung ins Polster zurück.
Nach einer Weile des Schweigens erkundigt er sich neugierig: „Was ist denn gestohlen worden?"
„Ein Diamant im Wert von annähernd vierhundert Pfund."
„Donnerwetter!" staunt Dicki. „Wieder in einem Kaufhaus?"
„Nein, bei einem kleinen Händler in der Wourcester-Street."
Dicki runzelt die Stirn. Den Namen dieser Straße hat er noch nie gehört. Dabei ist er ja schon immerhin zwölf Jahre in London...
„Wo ist die Wourcester-Street?"
„In der Nähe der Themse... Da, jetzt geht es wieder los..."
„Was?" fragt Dicki irritiert.
„Nebel..."
„Hm... fahren wir jetzt in die Wourcester-Street?"
„Nein, auf den Mond...", gibt Perry schnippisch zur Antwort, was Dicki veranlaßt, beleidigt die Mundwinkel zu verziehen.
„Man wird ja noch fragen dürfen..."
„Darfst du. Aber daß wir keine Vergnügungsfahrt machen, liegt ja wohl klar auf der Hand."

„Großvater sagt immer zu mir: Wenn du was nicht weißt, dann frage."

„Ja, ich weiß. Großvater ist ein kluger Mann." Perry ist ein wenig ungeduldig.

„Und deshalb habe ich gefragt ..." Dicki ist nicht zu bremsen.

„Also, wir fahren in die Wourcester-Street, weil ich mich dort mit Inspektor Skiffer vom Yard treffe."

„Ah, Ihr Freund ..." erinnert sich Dicki.

„Genau ... nun zufrieden?"

„Hm", macht Dicki. Und dann fällt ihm ein, daß er fragen könnte, warum Perry vorhin gesagt hat, sie würden zum Mond fahren.

„Warum haben Sie vorhin gesagt, daß wir zum Mond fahren?"

Perry Clifton knurrt grimmig vor sich hin.

„Noch eine so dumme Frage, und ich werfe dich aus dem Auto."

Je näher sie der Themse kommen, um so langsamer muß Perry fahren. Feine Nebelschwaden verhindern mitunter für Bruchteile von Sekunden die Sicht. Dazu setzen die Scheiben jedesmal Feuchtigkeit an.

Endlich kann er in die schmale Wourcester-Street einbiegen.

Gegenüber Krenatzkis Laden stoppt er.

„So, Dicki, dort drüben ist es. Du wartest auf mich, verstanden?!"

„Darf ich nicht mit hineingehen?" mault Dicki.

„Nein, mein Sohn", gibt Perry entschieden zurück. „Kinder sieht die Polizei nicht gern am Tatort ... also, bis gleich."

Dicki gibt sich keine große Mühe, seine Enttäuschung zu verbergen. Da hätte ich ja auch in Norwood bleiben können, denkt er und versetzt im Geist einer auf dem Gehweg

liegenden Zigarettenschachtel einen wütenden Fußtritt. Dabei kommt ihm ein Gedanke. Daß er im Wagen warten soll, hat Mister Clifton eigentlich nicht verlangt. Warum sollte er sich nicht ein wenig die Füße vertreten?
Nach einem schnellen Blick auf Krenatzkis Laden steigt er aus. Er ahnt nicht, daß das Abenteuer schon auf ihn wartet, und daß jede seiner Bewegungen von einem dunklen Augenpaar verfolgt wird.
Dicki geht langsam die Wourcester-Street aufwärts. Magisch angezogen von dem erleuchteten Schaufenster eines Buchladens.
Interessiert betrachtet er die ausgestellten Bücher. Er entziffert die Titel, liest ein paar Zeitungskritiken, die der tüchtige Buchhändler bei einigen Exemplaren dazugelegt hat, und – ärgert sich über die Preise der angebotenen Kriminalromane.
Nur im Unterbewußtsein nimmt er die klappernden, sich nähernden Schritte wahr.
Noch zwanzig Meter trennen ihn von der Gestalt, die sich im Halbdunkel der schlechterleuchteten Straße schemenhaft auf ihn zubewegt.
Noch fünfzehn Meter.
Dicki rechnet sich gerade aus, wie viele und welche Bücher er kaufen könnte, wenn er jetzt drei Pfund in der Tasche hätte.
Noch fünf Meter.
Dicki entschließt sich für zwei zusammenhängende Bände mit dem Titel „Die Texas-Story".
Das Klappern ist jetzt direkt hinter ihm.
Dicki hat noch immer keine Veranlassung sich herumzudrehen ...
Die Schritte beginnen sich zu entfernen.
Doch plötzlich verstummen sie ...
„Na komm schon, Jocky ..."

Dicki hat es gehört. Deutlich. So deutlich, als hätte man ihm die wenigen Worte ins Ohr geschrien.
Na komm schon, Jocky ...
Das Klappern der Schritte setzt wieder ein.
Dicki steht starr und steif und wagt sich nicht zu rühren.
Na komm schon, Jocky ... War das nicht Madame Porellis Stimme gewesen? Oder klang sie nur ähnlich? Sie war tief ... Und daß es die Schritte einer Frau waren, hätte selbst ein Blinder bemerkt ...
Und dann reißt es ihn doch herum.
Dicki Miller, ganze zwölf Jahre alt, mit neunundzwanzig Sommersprossen über der Nase, erschauert.
Dreißig Meter Entfernung liegen zwischen ihm und der Frau im langen, dunklen Mantel, die jetzt um die Straßenecke biegt und seinen Blicken entschwindet. Sie und der Dackel.
Was soll Dicki tun? Perry Clifton verständigen?
Ein Blick zurück genügt, um zu sehen, daß von Perry Clifton weit und breit nichts zu sehen ist.
Fast automatisch setzt sich Dicki in Bewegung.
Ich muß ihr nach, geht es ihm durch den Kopf. Bevor ich Perry geholt habe, ist sie längst über alle Berge.
Zu diesem Entschluß gekommen, beschleunigt er seine Schritte. Ich darf sie nicht aus den Augen verlieren, hämmert es in ihm, während ihm kalte Angstschauer über den Rücken krauchen. Gleichzeitig jedoch durchströmt ihn ein eigenartiges Glücksgefühl. Er, Dicki Miller, ist der Frau mit dem Dackel auf der Spur ... Dicki Miller ist zum großen Detektiv geworden.
Und wie er es aus der Lektüre unzähliger Kriminalromane weiß, hält er sich bei seiner Verfolgung immer dicht im Schatten der Hauswände, obgleich ihn besonders die finsteren Eingänge vor Furcht erzittern lassen.
Nachdem Dicki die Straßenecke, hinter der die Dackel-

dame verschwunden ist, passiert hat, sieht er sie wieder vor sich.
Sie scheint keine sonderliche Eile zu haben.
Dicki ist mit seiner Verfolgung so beschäftigt, daß er die sonderbaren Blicke der vorübergehenden Passanten nicht bemerkt.
Es kommt ihm auch nicht zum Bewußtsein, daß er sich immer weiter von der Wourcester-Street entfernt. Ebensowenig wie er merkt, daß der Nebel ständig zunimmt. Ein Zeichen, daß er sich der Themse nähert.
Da ... Dicki preßt sich erschrocken an eine Hauswand.
Die Frau ist stehengeblieben ... ob sie ihn gesehen hat?
Doch dann atmet er erleichtert auf ... Es ist nur der Dackel, der an dem Rest eines alten Gaslaternenmastes Gefallen gefunden hat.

Um achtzehn Uhr zweiundfünfzig treten Perry Clifton und Scotty Skiffer aus dem Laden des noch immer lamentierenden Jan Krenatzki.
Während Scotty Skiffer in seinen Dienstwagen steigt und davonfährt, wendet sich Perry Clifton nachdenklich seinem Mietwagen zu ...
Erst als er die Hand bereits auf den Türgriff gelegt hat, dringt es in sein Denken, daß Dicki gar nicht im Auto sitzt.
Noch ist er nicht beunruhigt. Er wird irgendwo vor einem Schaufenster stehen, spricht er zu sich und dreht sich suchend im Kreis.
Von Dicki keine Spur.
In Perry beginnt leichte Unruhe zu nagen.
„Dicki!!" schallt seine Stimme auf. Vergeblich lauscht er auf Antwort. Zuerst langsam, dann immer schneller, eilt er die Wourcester-Street abwärts.

Nichts ... nichts ...
Perry ruft wieder und wieder. Er fragt Passanten. Doch niemand will einen zwölfjährigen Jungen gesehen haben.
Perrys Sorge steigert sich zur Angst ...
Verdammter Bengel, warum hat er nicht im Wagen auf mich gewartet ...

Dicki hat die Frau mit dem Dackel nicht aus den Augen gelassen.
Verloren dagegen hat er jeden Zeitbegriff. Er weiß nicht, daß er schon weit über eine halbe Stunde hinter dem seltsamen Gespann her ist. Und – noch schlimmer – er hat jegliche Orientierung verloren.
Dicki hat keine Ahnung, wo er sich befindet ... bis zu dem Augenblick, wo die Straße zu Ende ist.
Dicki spürt mehr als er es sieht, daß da vor ihm das dunkle, unheimliche Band der Themse sein muß. Und es sieht so aus, als wolle die Frau geradewegs in die schwarzen Fluten des Flusses steigen.
Dicki atmet den typischen Geruch des Wassers ein und erschauert. Wie ausgestorben ist die Gegend, und Dicki wirft einen ängstlichen Blick um sich.
Sekunden später durchfährt es ihn siedend heiß.
Wo ist die Frau mit dem Dackel?
Dicki beschleunigt seine Schritte. Er kann es nicht vermeiden, daß er dabei Geräusche macht.
Schon hört er das Wasser an die Ufermauern schlagen ...
Dieses satte, schmatzende Klatschen ...
Da ... beinahe wäre er gestürzt. Der Nebel hat die Steine glitschig werden lassen ...
Dicki bleibt stehen. Vor sich sieht er plötzlich eine Reihe Hausboote liegen. Ihr leichtes und geräuschloses Schaukeln ist kaum wahrnehmbar.

Es sind fünf an der Zahl... In zweien davon brennt Licht.
Und dann sieht er auch die Frau mit dem Dackel...
Ein unbeschreibliches Triumphgefühl steigt in ihm auf, als er beobachten kann, wie sie in diesem Augenblick über die Planken balanciert.
Eine Minute später ist sie im Innern des Bootes verschwunden. Dicki prägt es sich genau ein: Es handelt sich um das fünfte und letzte Hausboot in der Reihe.
Zurück. Er muß Perry holen.
So schnell ihn seine Füße tragen, läuft Dicki den Weg zurück...
Doch schon bei der zweiten Straße stutzt er.
Kam er von rechts? Oder war es die nach links abgehende Straße gewesen?
Fast wird es ihm schlecht bei dem Gedanken, sich rettungslos verlaufen zu haben.
Atemlos hastet er die Straße nach rechts entlang... Nach zweihundert Metern stoppt er... alles kommt ihm fremd und drohend vor... Er kann sich beim besten Willen nicht erinnern, ob er vorhin hier vorbeigekommen ist.
„Bitte, Sir, wie finde ich zur Wourcester-Street?" fragt er keuchend einen Mann, der ihm leicht schwankend entgegenkommt.
„Wourcester-Street?" fragt der augenscheinlich Beschwipste und beginnt im gleichen Augenblick grölend zu singen:
„Worcester-Sauce eß ich nicht ... Worcester-Sauce eß ich nicht..." Dazu tanzt er, seinen Hut schwingend, um Dicki herum.
Voller Entsetzen hastet Dicki weiter... bis ihm der rettende Einfall kommt: „Ein Taxi brauche ich... ich muß ein Taxi finden..."
Und als habe jemand diesen Stoßseufzer gehört, biegt zwei Minuten später ein leeres Taxi in die Straße ein.

Dicki springt beglückt vom Gehsteig hinunter und fuchtelt wie wild mit den Armen ...
„Ich möchte in die Wourcester-Street", bittet er höflich, ohne sich weiter um den mißtrauischen Blick des Taxichauffeurs zu kümmern.
„Kannst du denn bezahlen?"
„Ich nicht, aber mein Freund Perry ... der wartet nämlich in der Wourcester-Street auf mich."

Perry Clifton ist in einer Art Panikstimmung. Bereits sechsmal ist er die Wourcester-Street in ihrer ganzen Länge abgelaufen.
Eine Minute vor viertel acht ... Die Nebelschwaden sind jetzt so dicht geworden, daß er nur die Hälfte der Straße übersehen kann.
Wo mag der Junge nur stecken ...
Perry Clifton überlegt ernsthaft, ob er die Polizei benachrichtigen soll. Was antworte ich Mistreß Miller, wenn sie mich nach Dicki fragt?
Perry kommt nicht mehr dazu, diese Frage zu Ende zu denken. Entsetzt springt er zur Seite, als neben ihm ein Wagen mit kreischenden Bremsen zum Stehen kommt.
Er will schon zu einer Schimpfkanonade ansetzen, als ihm Dicki entgegenspringt.
„Ich hatte mich verlaufen, Mister Clifton."
„Dicki", würgt Perry heiser heraus, und sämtliche Empfindungen liegen in diesem einen Wort.
„Ich habe sie gefunden ... ich weiß, wo sie wohnt ...", überschlägt sich Dickis Stimme.
Perry sieht seinen Freund an, als handle es sich um einen zufällig gelandeten Marsbewohner. Er hat keine Ahnung, wovon Dicki spricht. Das einzige, was er mit aller Deutlichkeit empfindet, ist, daß er wieder da ist.

Erst die Worte des Chauffeurs bringen ihn in die Wirklichkeit zurück.
„Bitte, Sir, kann ich mein Geld haben?"
Perry Clifton ist so durcheinander, daß er dem Fahrer eine ganze Pfundnote in die Hand drückt. Letzterer, aus Angst, der spendable Herr könnte seinen Irrtum bemerken, klettert schleunigst in sein Gefährt und ist Sekunden später verschwunden.
„Wo hast du gesteckt, verdammter Bengel?" findet Perry endlich die Sprache wieder und packt Dicki schmerzhaft an der Schulter. „Ich bin vor Angst halb gestorben", setzt er hinzu, als er Dickis überraschten Blick sieht.
„Ja, haben Sie denn nicht gehört, was ich gesagt habe, Mister Clifton?" Dickis Stimme ist ein einziger Vorwurf. Dazu verzieht er das Gesicht. „Sie tun mir weh..."
Perry lockert seinen Griff.
„Wo du warst, habe ich gefragt!"
„Ich habe doch die Frau mit dem Dackel verfolgt", mault Dicki, der geglaubt hatte, Perry würde ihm anerkennende Worte sagen.
„*Wen* hast du verfolgt?"
„Die Dame mit dem Dackel!"
„Aha..." In Perry scheint es endlich zu dämmern.
„Die Dame mit dem Dackel... du hast sie verfolgt?"
„Das sage ich doch die ganze Zeit... Ich stand dort drüben an dem Buchladen, als sie vorbeiging. ‚Jocky' hat sie den Hund gerufen, und eine ganz tiefe Stimme hat sie gehabt..."
„Weiter!" Perry ist jetzt hellwach.
„Na, ich bin ihr nachgegangen. Bis zur Themse... Und dann habe ich nicht mehr zurückgefunden... deshalb bin ich mit der Taxe gekommen", ergänzt er leise seine Schilderung und schielt verlegen nach oben.
„Was wollte sie denn an der Themse?"

„Sie wohnt dort auf einem Hausboot."
In Perry Cliftons Augen spiegeln sich Vorwurf, Anerkennung, Stolz und – ein Rest von Zorn.
„Komm, Dicki ... das muß ich mir ansehen ..."

Neunzehn Uhr fünfzig erreichen Perry Clifton und Dicki Miller das Themseufer.
Fünfzig Meter vor dem Fluß stellt Perry den Wagen ab.
Der Nebel ist in der Zwischenzeit so stark geworden, daß die Sicht nur noch knappe zwanzig Meter beträgt. Langsam gehen sie auf die fünf Hausboote zu ...
Leise flüstert Dicki:
„Sehen Sie, Mister Clifton, in dem dort hinten ist sie verschwunden."
„Irrst du dich auch nicht?"
„Ich weiß es bestimmt ..."
„Sieht nicht so aus, als ob alle Boote bewohnt wären."
„Vorhin hat in den beiden ersten hier Licht gebrannt ..."
Perry kneift die Augen zusammen ... „Wenn ich mich nicht irre, brennt in dem letzten Boot auch jetzt Licht ... allerdings scheint es keine Lampe zu sein ... oder vor dem Fenster hängt ein dunkler Vorhang ..."
Geräuschlos gehen sie auf das letzte Boot in der Reihe zu.
Kein Laut ist zu hören. Nur das Plätschern des Wassers ... eintönig und gleichmäßig. Selbst der Straßenverkehr in der Ferne dringt nur in mäßiger Lautstärke zu ihnen ... Aber da ... war da nicht noch ein anderes Geräusch ... Perry Clifton verhält den Schritt ...
„Hast du nichts gehört, Dicki?"
„Was, Mister Clifton?" gibt Dicki leise zurück.
Beide lauschen sie mit vorgestrecktem Kopf in das Dunkel.
Zuerst ist es nur ein Tuten einer Schiffssirene ...
Aber dann hören sie es ganz deutlich ... Hundegebell ...

Irgendwo kläfft ein Hund ... es ist ein helles, fast klagendes Bellen.
„Ein Hund ...", flüstert Dicki.
„Ich glaube, es kommt von Bord des letzten Hausbootes ..."
Noch zehn Meter trennen sie von dem bewußten Boot, als Perry Dicki am Arm faßt.
„Du bleibst hier stehen ... ich geh' allein weiter."
„Schon wieder? ... Wo ich doch alles entdeckt habe."
„Ich kann dich und ich darf dich keiner Gefahr aussetzen, Dicki. Ich hoffe, daß du dafür Verständnis hast. Das schmälert jedoch in keinem Fall dein Verdienst ..."
Dicki zuckt resigniert mit den Schultern, während Perry Schritt für Schritt auf das Boot zugeht.
Knarrend biegt sich der Bootssteg unter Perry Cliftons Gewicht durch ...
Noch vier Meter ... noch zwei ... Behutsam tastet sich Perry an Deck.
Das Hundegebell ist verstummt. Vor der Tür zur Kabine verharrt der Detektiv eine Minute in regungslosem Dastehen. Alle Sinne sind bis zum äußersten gespannt.
Nicht das leiseste Geräusch dringt aus der Kabine.
Perry klopft. Zweimal schlägt er kurz mit den Knöcheln an die Türfüllung.
Fast zusammen mit dem ersten Schlag beginnt im Innern ein Hund zu bellen ...
Perry erwartet, daß sich die Tür öffnet ... doch nichts dergleichen passiert. Selbst das Bellen ist verstummt. Ein leises, erbarmungswürdiges Winseln dringt jetzt zu ihm ...
Noch zögert Perry Clifton ein paar Atemzüge lang.
Als er die Klinke vorsichtig nach unten drückt, springt die Tür auf.
Ein brauner Dackel schießt ihm freudig jaulend entgegen.
Für Perry hat ein Blick genügt, um festzustellen, daß die

vierbeinige Kreatur im Moment die einzige Bewohnerin der Kabine ist.
Schmeichelnd streichelt er dem Tier das seidig glänzende Fell. Eine Geste, die der Dackel mit einem zärtlichen Lekken über Perrys Hand beantwortet ...
„Na, wo steckt denn dein Frauchen?"
Der Dackel unterbricht sein andächtiges Lecken und schnüffelt mit erhobener Nase in die Luft ...
Plötzlich erinnert sich Perry seines kleinen Freundes, der auf der Ufermauer auf ihn wartet.
Rasch eilt er an Deck und ruft leise nach Dicki.
Wenig später ist Dicki Miller zur Stelle.
„Was ist los, Mister Clifton?" fragt er aufgeregt.
„Komm herein!"
Zögernd betritt Dicki zuerst das Boot und dann die Kabine. Lebhaft schnuppernd untersucht der Vierbeiner den neuen Besucher und läßt sich zufrieden knurrend hinter den Ohren kraulen ...
„Ist das Jocky?"
„Es ist anzunehmen, Dicki. Genau weiß ich es natürlich auch nicht", antwortet Perry, während er nachdenklich den Hund betrachtet.
„Und wo ist die Frau?" Dicki wendet sich suchend um. „Sie ist nicht da!" beantwortet er seine Frage selbst.
„Nein, sie ist nicht da. Aber wir müssen damit rechnen, daß sie jeden Augenblick erscheint."
„Vielleicht hat sie uns schon gesehen", wirft Dicki erschrocken ein.
„Auch diese Möglichkeit müssen wir einkalkulieren. Auf alle Fälle verschwindest du sofort im Wagen."
Perry Clifton läßt Dicki keine Zeit zu langen Widerreden.
„Hier", sagt er bestimmt, „hast du den Autoschlüssel. Du setzt dich hinein und verhältst dich mucksmäuschenstill."

„Und was tun Sie?"
„Ich bleibe hier und werde auf die Dame warten."
Dicki murmelt etwas Unverständliches, es muß etwas Ähnliches wie „Großvater" gewesen sein, und verschwindet durch die Tür. Wenig später hört man ihn über den Bootssteg gehen.
Die Minuten schleichen dahin.
Perry Clifton sieht sich in der Kajüte um. Sie hat eine mehr als armselige Einrichtung.
Der Tür gegenüber befindet sich ein uralter, wurmstichiger Kleiderschrank, dem das linke vordere Bein fehlt. Damit er nicht nach vorne kippt, hat man ihm ein Stück Ziegelstein untergeschoben.
In der Ecke daneben stehen an einem kleinen runden Eisentisch, der früher einmal weiß lackiert war, zwei Korbsessel. Die Kissen darin sind grau und verschlissen.
Zur Vervollständigung dieser trostlosen Einrichtung tragen ein Metallgestell mit Waschschüssel und ein größerer rechteckiger Tisch bei, der an der Fensterseite vor einer Bank steht.
Über allem liegt eine fingerdicke Staubschicht.
Erhellt wird diese gespenstische Szenerie durch einen vor Schmutz starrenden Kerzenstummel, der im Deckel eines Marmeladenglases auf dem Tisch am Fenster steht.
Der braune Dackel liegt zusammengerollt vor Perry und läßt keinen Blick von ihm. Ab und zu stößt er ein leises, klagendes Winseln aus; so, als wolle er Perry auf sich aufmerksam machen.
Perry Cliftons Nerven sind zum Zerreißen gespannt.
Er hat sich in die Bank vor dem Kajütenfenster gezwängt und versucht in der draußen herrschenden milchigen Dunkelheit etwas zu erkennen ...
Dicki sitzt regungslos im Auto und starrt ebenfalls in den Nebel.

Es ist zwanzig Uhr fünfzehn. Eine reichliche Viertelstunde warten sie schon.

Dicki muß an eine ähnliche Situation denken. Damals im Wald von Hertford, als Perry die Jagdhütte des Barons Kandarsky durchsuchte und er, Dicki, draußen aufpassen mußte.

Dickis Erinnerungen werden in diesem Augenblick schlagartig unterbrochen.

Das Geräusch von Schritten bringt ihn in die Gegenwart zurück. Es sind schwere Schritte, die sich ihm da von hinten nähern.

Dickis Herz klopft bis zum Hals, als er sich vorsichtig im Sitz umdreht.

Noch ist jedoch nichts zu erkennen. Der Nebel gleicht einem undurchdringlichen Vorhang.

Perrys kleiner Freund ist überzeugt, daß diese Schritte von keiner Frau stammen.

Wuchtig und dumpf hallen sie über das Kopfsteinpflaster des Uferstreifens.

Dicki macht sich ganz klein. Plötzlich ist die Gestalt aufgetaucht.

Es ist die breite, untersetzte Figur eines Mannes, der, ohne jegliches Interesse für seine Umgebung, nur ein Ziel zu kennen scheint.

Unaufhaltsam strebt er dem Steg zu den Hausbooten zu ...

Perry Clifton hat den Mann in diesem Augenblick ebenfalls gesehen.

Es gibt keinen Zweifel daran, daß er zu den Booten will.

Nur noch Sekunden ... die schweren Tritte des Unbekannten poltern über die Planken.

Wieselschnell und geräuschlos ist Perry zur Tür gehuscht.

Die Schritte sind verstummt. Der Mann steht von Perry nur noch durch eine Holztür getrennt ...

Ein zögerndes Klopfen ...
Mit einem Krach hat Perry die Tür aufgerissen. Mit eisernem Griff krallen sich seine Finger in die Joppe des entsetzten Mannes.
„Heiliger Strohsack ..." stammelt der Fremde erschrocken und macht eine abwehrende Bewegung ... „Müssen Sie mich so erschrecken, Mister ... nun lassen Sie doch schon meine Jacke los!"
„Sie scheinen keine guten Nerven zu haben ... hatten wohl nicht mit mir gerechnet, he?" Perrys Stimme ist spöttisch und doch spürt man die Wachsamkeit in seinen Worten. Er ist seiner Sache so sicher, daß ihn die Enttäuschung um so härter trifft. Nämlich, als der Mann jetzt sagt:
„Wieso nicht erwartet? Wäre ich sonst hierhergekommen? Hier – ich soll Ihnen diesen Brief geben."
Perry hat den Mann losgelassen, der in seiner Joppentasche zu nesteln beginnt. Mit wütendem Gesicht hält er Clifton einen zerknitterten Brief hin.
„Brief?... Was für einen Brief?" Perry Clifton scheint restlos durcheinander zu sein. Diesmal ist der Spott auf seiten des Mannes.
„Bin ich ein Hellseher? Die Lady hat nur gesagt, daß ich den Brief hier auf dem Boot abgeben soll."
„Das muß ein Irrtum sein, lieber Mann. Ich gehöre nicht auf das Boot."
„Hm ..." nuschelt der Fremde, „sie sagte eigentlich noch was von einem Jungen ..."
Perrys Verblüffung wächst weiter. „Dicki??... der ist auch hier ..."
„Dann wird es schon stimmen ... ach, ich soll Ihnen noch sagen, daß der Hund am liebsten warme Milch trinkt."
Perrys Stimme ist heiser vor Erregung. Unwillkürlich greift er nach dem Arm des anderen.
„Wie sah die Lady aus?"

„Lassen Sie mich doch los ... wie soll sie schon ausgesehen haben. Wie 'ne verschleierte Lady eben aussieht. Außerdem hat sie mir ein ganzes Pfund für den Weg gegeben ... Kann ich jetzt gehen?"
Clifton scheint die Frage nicht gehört zu haben.
„Würden Sie die Dame wiedererkennen?"
„Kaum. Ich habe Ihnen doch gesagt, daß sie einen Schleier vor der Nase hatte ... aber da fällt mir noch etwas ein: sie hatte eine sehr tiefe Stimme."
Perrys Stimme ist jetzt ruhig und sachlich. Er hat sich wieder in der Gewalt. Und mit leiser Stimme fragt er:
„Wo hat sie Ihnen den Brief gegeben?"
„Am Soloster-Square ... ungefähr zehn Minuten von hier."
„Hören Sie: Sie gehen jetzt am besten mit mir zu Scotland Yard ..."
„Scotland Yard?" Der Fremde ist ehrlich erschrocken. Und bevor Perry noch eine Reaktion zeigen kann, hat ihn der Mann vor die Brust gestoßen, daß er einige Schritte zurücktaumelt. Als er wieder festen Halt hat, hört er, wie sich die hastenden Schritte des Fremden im Nebel verlieren.

Wenige Minuten später erreicht Perry Clifton seinen Wagen. Behutsam setzt er den Dackel auf die Sitzbank im Fond.
„Ich habe gesehen, wie der Mann fortgerannt ist ... Wollte er stehlen?" In Dickis Stimme schwingen noch die Aufregungen der letzten Minuten nach.
„Nein", antwortet Perry. „Er hat mir nur einen Brief gebracht ... Als ich ihn aufforderte, mit zu Scotland Yard zu kommen, suchte er fluchtartig das Weite ... Wahrscheinlich ist er dort kein Unbekannter."
„Und von wem ist der Brief?"

„Schalte mal die Innenbeleuchtung ein, dann werden wir es bald wissen."
Perry Clifton kann es nicht verbergen, daß seine Hand ein wenig zittert, als er den Brief jetzt mit dem Finger aufschlitzt ...
„Bitte, Mister Clifton, lesen Sie laut ..." wünscht Dicki.
Und Perry Clifton liest:
„Lieber Mister! Ich möchte Ihnen dringend raten, Ihre Nase nicht in Dinge zu stecken, die Sie nichts angehen. Fassen Sie das als ernste Warnung auf ... hm, keine Unterschrift ..."
„Vielleicht kann man an der Handschrift ..." will Dicki eifrig vorschlagen, doch Perry winkt ab.
„Die Dame war so schlau, mit Druckbuchstaben zu schreiben ... Tja, Dicki, die Angelegenheit wird immer verworrener und immer gefährlicher ...", und nachdenklich fügt er zu: „Es steht fest, daß die Dame mit unserem Erscheinen in der Wourcester-Street gerechnet hat ... Sie muß also wissen, daß ich hinter ihr her bin ... Sie lockte dich dann an die Themse, um uns später auf höchst dramatische Art den Hund und – die Warnung in die Hände zu spielen ... Unklar ist mir nur, warum sie den Dackel ausgesetzt hat ..."
„Und jetzt?"
„Jetzt fahre ich dich erst einmal nach Hause ... es ist höchste Zeit. Ich selbst muß dann noch einmal in die Wourcester-Street ..."
„Zu Mister Krenatzki?"
„Ja, Dicki, zu Mister Krenatzki."

Krenatzkis Schaufenster liegt längst im Dunkeln, als Perry Clifton zum zweiten Male an diesem Tage vor dem Haus des Polen vorfährt.

Nach längerem Suchen findet er einen altmodischen Klingelzug, an dem er kräftig zieht. Ein feines, helles Bimmeln ist zu hören.
Wenig später öffnet sich über ihm ein Fenster.
„Wer ist da?" hört er Mister Krenatzki mißtrauisch fragen.
Perry tritt etwas zur Seite, damit er von der Straßenbeleuchtung besser beschienen wird.
„Erkennen Sie mich wieder, Mister Krenatzki?"
„Ja... sind Sie nicht der Mann, der war vorhin hier mit Inspektor von Scotland Yard?"
„Stimmt. Ich wäre Ihnen dankbar, wenn Sie mal herunterkommen würden. Ich möchte Ihnen etwas zeigen."
Krenatzki wird freundlicher. „Haben Sie gefangen den Dieb...?"
Perry hat keine Lust, die Diskussion zwischen Fenster und Straße fortzusetzen. Deshalb bittert er noch einmal bestimmt:
„Bitte, Mister Krenatzki, kommen Sie herunter..."
Ein dumpfes Klirren verrät, daß der Händler das Fenster mit ziemlichem Nachdruck geschlossen hat. Noch fünf Minuten dauert es, bis sich endlich der Schlüssel im Schloß der Haustür dreht.
„Bitte schön, treten Sie ein, Mister..."
„Einen Moment noch", bittet Clifton und eilt zu seinem Wagen. Als er zurückkommt, hält er den Dackel im Arm. Wortlos folgt er Krenatzki in den Laden.
Der Händler schaltet die trübe Oberbeleuchtung ein und blickt dann verständnislos auf den Vierbeiner.
„Was wollen Sie mit Hund, Mister... Habe ich nicht schon genug Ärger gehabt mit Viech?"
Perry Clifton hält dem Zurückweichenden den Dackel entgegen. „Ist das der Hund, der heute abend in Ihrem Laden war, Mister Krenatzki?"

Krenatzki schüttelt lebhaft und pikiert den Kopf.
„War ein schwarzes Dackel, heute abend hier, Mister..."
„Ein schwarzer Dackel?" wiederholt Perry fassungslos.
„Ja... schwarz wie Nacht... Ist das alles?"
Perry nickt.
„Und ich habe gedacht, daß Sie mir bringen die Nachricht, daß man hat Dieb gefangen..."
„Es handelt sich um keinen Dieb, Mister Krenatzki, sondern um eine Diebin. Die Dame hat sich lediglich verkleidet." Zuerst malt sich auf Krenatzkis Gesicht Überraschung. Doch plötzlich geht es wie eine Erleuchtung über seine Miene.
„Was sagen Sie? Sie sagen Diebin?... Oh, da fällt mir ein. Stimmt, was Sie sagen..."
„Wieso...? Haben Sie etwas gemerkt?"
„Ich erinnere mich ganz plötzlich... Hat Jan Krenatzki sich sehr gewundert, daß Mylord am Armgelenk getragen eine Damenuhr."
„Eine Damenuhr?" fragt Perry verdutzt.
„Ja", nickt der Pole eifrig. „Aber dann habe ich gedacht, daß das ist Spleen... man sagt doch, daß Engländer haben sehr oft einen Spleen..."

Ein Dackel knurrt

Es ist schon reichlich spät, als Perry wieder in Norwood ankommt.
Dicki ist längst bei seinen Träumen, als Perry noch immer in seinem Zimmer auf und ab geht.
Er hat die Empfehlung der Unbekannten befolgt und seinem vierbeinigen Gast eine Schüssel mit warmer Milch hin-

gestellt, die der Dackel, ohne sich lange nötigen zu lassen, auch genießerisch schmatzend geschlappert hat.

Perry Clifton zermartert sich während seiner ruhelosen Wanderung den Kopf.
Wer ist nun wirklich die Frau mit dem Dackel?
Wieso ist der Dackel plötzlich schwarz statt braun?
Wenn es sich nicht um den Zirkusdackel handelt – welcher ist es dann? Wohin gehört er?
Wie kann es sein, daß die Frau mit einem schwarzen Dackel den Diebstahl bei Krenatzki begeht und wenig später Dicki mit einem braunen zur Themse lockt?
Woher weiß die Frau überhaupt, daß Perry ihr auf den Fersen ist? Wo hat sie ihren Schlupfwinkel?
Eine Unmenge Fragen – und keine vernünftigen Antworten. Perry findet in dem Labyrinth der Möglichkeiten keinen roten Faden.
Das einzige, was er mit Bestimmtheit zu wissen glaubt, ist, daß der braune Dackel, der sich jetzt wohlig am Fußende seines Bettes räkelt, Jocky ist. Obgleich es ihm sehr merkwürdig vorkommt, daß er gar nicht auf den Namen reagiert.
Die dritte Morgenstunde ist schon angebrochen, als er endlich müde in sein Bett sinkt und sofort einschläft.

Stunden später.
Die elektrische Autouhr im Wagen zeigt zehn Uhr fünfzehn, als Perry Clifton in den Hof des leerstehenden Hauses in der Wingert-Street einbiegt.
Der Schmutz und das unheimliche Durcheinander auf dem Hof wirken im Tageslicht noch abstoßender und Perry würgt den aufsteigenden Ekel hinunter.
Eine Minute später klopft er an die Tür des Wohnwagens.

„Wer ist draußen?" klingt sofort Madame Porellis Stimme auf, und Perry hat den Verdacht, daß sie ihn bereits gesehen hat.
„Ich bin's, Perry Clifton ... ich bringe Ihnen Jocky zurück!"
Perry hört einen Jubelruf. Die Tür wird aufgerissen, und Madame Porelli steht vor ihm. Sie ist zum Ausgehen gekleidet, und Perry findet, daß ihr das Pepita-Kostüm ausgezeichnet steht.
Langsam betritt er den Wohnwagen.
Vorsichtig läßt er dann den Hund, den er bis jetzt auf dem Arm trug, zu Boden.
Als er dabei zu Madame Porelli aufblickt, gewahrt er ihre grenzenlose Enttäuschung.
Hilflos zuckt sie mit den Schultern.
„Das ist nicht Jocky ...", murmelt sie mit zuckenden Lippen ... Als sie sich zu dem Dackel hinabbeugt, beginnt der Vierbeiner zurückzuweichen. Dabei sträubt sich sein Fell, während ein grollendes Knurren aus seiner Kehle dringt.
„Was ist los, mein Kleiner ...", will Perry beruhigen. Und Madame Porelli stellt mit ihrer tiefen Stimme heiser fest: „Er scheint mich nicht zu mögen ..."
Als ob der Hund diese Feststellung bestätigen wolle, wird sein Knurren noch heftiger.
„Nun beruhige dich ...", beschwichtigt Perry ihn ... „Madame Porelli frißt dich nicht. Sie ist doch eine reizende Dame ..."
In Madame Porellis Stimme sitzt der blanke Spott, als sie zu Perry spricht:
„So, bin ich das? Es ist noch nicht lange her, da wollten Sie mich als gefährliche Diebin verhaften ... Wo haben Sie denn das Tierchen her?"
Perry Clifton hat keine Lust, sein gestriges Fiasko breitzutreten und ausweichend erwidert er:

„Das erzähle ich Ihnen gelegentlich einmal ..."
Die Porelli nickt.
„Wenn Sie nicht wissen, was Sie mit ihm anfangen sollen, bringen Sie ihn doch in ein Tierheim ... Soll ich Ihnen eine Adresse geben?"
„Nein, danke", lehnt Perry kopfschüttelnd ab, „für's erste habe ich schon einen Betreuer."
Behutsam nimmt er den Hund wieder hoch.
„Auf Wiedersehen, Madame Porelli ..." Er hat schon die Klinke in der Hand, als Madame Porelli noch eine Frage stellt: „Was macht denn Ihre geheimnisvolle Diebin?"
Perry schluckt den aufsteigenden Ärger hinunter. Er zwingt sich zu einem freundlichen Grinsen.
„Sagen wir – ich bin ihr auf der Spur."
„Die Ärmste ... hoffentlich erwischen Sie sie bald." Die Ironie in ihrer Stimme ist kaum noch zu überbieten. Und ein wenig heftiger als gewollt fällt die Tür hinter Perry ins Schloß.

Von Madame Porelli fährt Perry Clifton auf dem kürzesten Weg zur Themse. Unverändert findet er den Schauplatz seines gestrigen Abenteuers vor.
Friedlich und vergnügt schaukeln die fünf Hausboote auf der Themse.
Ohne Aufenthalt steuert Perry zuerst dem letzten Boot zu. Zum erstenmal sieht er auch die schon verblichenen Buchstaben eines Namens, die am Bug des Bootes stehen.
„Jane" entziffert er.
Nichts hat sich im Inneren verändert. Und nichts deutet darauf hin, daß seit gestern abend jemand an Bord gewesen ist.
Als er über den schmalen Pier zurückgeht, sieht er, wie eine Frau an Deck des zweiten Bootes gerade dabei ist, aus einer Schürze Kartoffelschalen über Bord zu werfen.

Perry beschleunigt seine Schritte.

„Hallo, Mistreß...", ruft er ihr von weitem zu. „Einen Augenblick, bitte!"

Neugierig sieht ihm die Frau entgegen. Ihr Gesicht, von Wind und Wetter gebräunt, macht einen verschmitzten Eindruck.

„Ich habe nur eine Frage an Sie...", erklärt ihr Perry näherkommend.

„Dann bin ich ja beruhigt", antwortet die Frau und fügt mit einem lustigen Augenzwinkern hinzu: „Ich glaubte schon, Sie wollten mir etwas vorsingen."

„Oh, keine Angst. Ich hätte nur gern gewußt, ob Sie mir sagen können, wer der Eigentümer des letzten Bootes ist."

„Wenn es weiter nichts ist. Das Boot gehört Miß Jane Wimmerford... Wollen Sie es kaufen?"

Als die Frau „Miß" sagte, ging es wie ein elektrischer Schlag durch Perry Clifton. Doch im gleichen Augenblick überlegt er sich, daß die Dackeldame wohl kaum so dumm sein könne, ihn auf ihr eigenes Boot zu locken.

Die Frau mit der Schürze hat gesehen, wie abwesend Perry eben aussah. Deshalb, und weil sie ihre letzte Frage noch nicht beantwortet bekam, wiederholt sie dieselbe noch einmal:

„Wollen Sie das Boot kaufen, Mister?"

„Hm... vielleicht... das kommt ganz auf den Preis an", antwortet Perry. Schließlich kann er ihr ja nicht die ganze Vorgeschichte erzählen.

Die Frau beginnt leise vor sich hinzukichern.

„Sind Sie wenigstens musikalisch?"

Perry sieht alles andere als intelligent aus...

„Leidlich", bringt er endlich hervor... „Hat das was mit dem Preis zu tun?"

„Unter Umständen ja... Aber fragen Sie mich nicht. Ich rede ungern über andere Leute."

„Das ist ein feiner Zug, Mistreß...", gibt Perry zu und weiß nicht, was er mit dem merkwürdigen Gerede anfangen soll. „Nur das Wichtigste... wo finde ich Miß Wimmerford?"
„Wenn sie nicht gerade bei Gibbon in der Sackfield-Street Schallplatten verkauft, ist sie bestimmt zu Hause. Whitman-Street 20."
„Sie sind ein Engel, Mylady. Eine letzte Frage: Hat sie zufällig einen Hund?"
„Letzte Antwort, Mister: Hat sie!"
Perry steht noch immer wie vom Donner gerührt, als die Frau längst im Inneren ihres Bootes verschwunden ist.
Zuerst langsam, dann immer schneller setzt er sich in Bewegung... Als er seinen Wagen erreicht, ist er etwas außer Atem...

Der erste brauchbare Hinweis

Nach langem Suchen findet Perry Clifton den winzigen Plattenladen von Pat Gibbon in der Sackfield-Street. Vier wacklige Stufen führen zum Geschäftseingang, und Perry kann sich des Gedankens nicht erwehren, daß hier nur Idealisten kaufen.
Perry Clifton muß unwillkürlich an Jan Krenatzki denken.
Denn gegen die Finsternis, die in Gibbons Laden herrscht, kommen ihm Krenatzkis Geschäftsräume verschwenderisch beleuchtet vor.
Pat Gibbon selbst ist ein rothaariger Ire, der eher in eine Catcher-Arena gepaßt hätte als hinter die Theke eines Plattenladens. Fast zwei Meter lang und von wahrhaft her-

kulischen Ausmaßen steht er plötzlich wie aus dem Boden gewachsen vor Perry Clifton.
„Guten Tag, Sir", wünscht er mit unbeweglichem Gesicht.
„Guten Tag . . ", erwidert Perry und blickt anerkennend zu Gibbon auf.
„Tja . . .", sagt er und überlegt, wie er seine Fragen am besten formuliert.
„Tja?"
„Ich kam eigentlich wegen Miß Wimmerford . . ."
„So?"
„Miß Wimmerford ist wohl nicht da?"
„Sehen Sie sie?"
„Nein . . . Wenn Sie sie nicht zufällig in einem Regal versteckt haben . . .", versucht Perry zu scherzen. Es ist ihm nicht entgangen, daß sich Gibbons Miene schlagartig verfinsterte, als er Miß Wimmerfords Namen nannte.
Wenn ich noch lange herumstehe und Fragen stelle, laufe ich Gefahr, daß mich dieser Riese verprügelt, durchfährt es Perry, und er schielt verstohlen nach der Tür.
Doch da wird Mister Gibbon mit einem Male gesprächig.
„Sie ist seit zwei Tagen nicht ins Geschäft gekommen . . . Hören Sie? Seit zwei Tagen, Mister . . ."
Geschäft! denkt Perry und schickt einen Blick in die Runde. Doch dann zwingt er sich zu einem empörten Kopfschütteln. „Unerhört", nuschelt er dazu.
Pat Gibbon wedelt wütend mit seinen gewaltigen Armen. Dazu schnauft er aufgebracht:
„Das hat man davon, wenn man Leuten Arbeit und Lohn gibt, die mit den Fingernägeln am Himmel kratzen . . ."
Perry Clifton versteht kein Wort von alledem. Als er endlich wieder auf der Straße steht, wischt er sich aufatmend den Schweiß von der Stirn.
„Wenn schon – denn schon", denkt er und macht sich auf den Weg zu Miß Wimmerford in die Whitman-Street. Ge-

spannt darauf zu sehen, wie jemand aussieht, der mit den Fingernägeln am Himmel kratzt.
Es ist ein Weg vom Regen in die Traufe.

Das Haus Whitman-Street 20 entstammt der Viktorianischen Zeit und hat sicher einst bessere Tage gesehen. Der Putz ist an vielen Stellen abgebröckelt und läßt das dreistöckige Haus unschön erscheinen. Ebenso ist der Anstrich von Fenstern und Türen dringend erneuerungsbedürftig.
Die Innenwände in Hausflur und Treppenaufgang zeigen verblichene Malereien und Risse von beachtlichen Ausmaßen.
Jane Wimmerford wohnt im obersten Stockwerk.
Perry Clifton drückt auf den Klingelknopf über dem riesigen Messingschild mit dem Namen „Wimmerford".
Ein junges Mädchen, ganz in Schwarz mit übergebundenem weißen Schürzchen, öffnet.
Ihr kleines Vollmondgesicht verzieht sich geringschätzig, als sie Perry sieht. Und ihre Himmelfahrtsnase rümpfend, näselt sie von oben herab:
„Wir brauchen nichts, Mister..."
Blitzschnell schiebt Perry seinen Fuß zwischen Tür und Pfosten.
„Verzeihung, Miß Wimmerford, ich müßte dringend mit Ihnen sprechen. Zu Ihrer Beruhigung: Es handelt sich weder um Schnürsenkel, Druckknöpfe, Staubsauger und Fensterleder, noch um Versicherungen."
Der wütende Ausdruck in den Augen des Mädchens weicht einem neugierigen Interesse.
„Sie halten mich für Miß Wimmerford?" Anscheinend bereitet ihr der Gedanke so viel Vergnügen, daß sie zu kichern beginnt. „Ich bin die Zofe!" verkündet sie dann mit einem gewollt züchtigen Augenaufschlag.

„Ist Miß Wimmerford wenigstens zu Hause?"
Perry Clifton zieht seinen Fuß zurück.
„Ja, Mister, wen darf ich melden?"
„Mein Name ist Clifton..."
Das Mädchen macht eine einladende Handbewegung.
Perry tritt in die Diele. Sofort sticht ihm der Geruch von gebräunten Zwiebeln und gebratenen Kartoffeln in die Nase, und er kann es nicht verhindern, daß es ihn schüttelt.
Das Mädchen hat hinter Perry die Tür geschlossen und sogar die Kette vorgelegt.
Eifrig trippelt sie auf eine Tür zu, hinter der stümperhaftes Violinenspiel aufklingt. Sekunden später wird Perry Clifton Ohrenzeuge folgenden Dialogs:
„Miß Wimmerford!" hört er das Mädchen rufen.
Das Violinenspiel reißt ab und eine Stimme, die Miß Wimmerford zu gehören scheint, schimpft: „Wie oft habe ich dir schon gesagt, du sollst mich während meiner Studien nicht stören..."
Wenn Perry ganz im geheimen noch ein Fünkchen Hoffnung gehabt hat, die Stimme der Miß Wimmerford sei voll und tief, so ist er jetzt um diese Hoffnung ärmer. Miß Wimmerfords Stimme ist alles andere als voll und tief. Sie ist von einer schrillen Höhe, die selbst die ausladenden Gehörgänge eines Elefanten mit Gänsehaut bezogen hätte.
Das Mädchen jedoch scheint unbeeindruckt.
„Es ist Besuch für Sie da, Miß Jane... ein Herr!"
Perry Clifton zuckt erschrocken zusammen.
„Ein Herr", hört er Miß Jane verzückt schreien. Ja, schreien. Und auch die nachfolgenden Worte sind alles andere als geflüstert.
„Es ist sicher ein Agent eines Musikverlages... Wicky, man hat mich entdeckt...!"
Perry fühlt ein unangenehmes Kribbeln in der Magen-

grube, dazu spürt er das lebhafte Verlangen nach Flucht in sich aufsteigen ...

„Warum führst du ihn nicht herein, Wicky ...?"

Und da zuckt Perry zum zweiten Male erschrocken zusammen. Wicky, die Zofe, ist mit der Geschwindigkeit und der Lautstärke einer Rakete durch die Tür geschossen.

„Miß Wimmerford läßt bitten, Sir", ruft sie und macht einen tiefen Knicks.

Perry Clifton, auf das Schlimmste gefaßt, betritt zögernd den Raum.

Die erste Empfindung, die er beim Anblick von Jane Wimmerford hat, ist das Bedürfnis, laut zu lachen.

Miß Wimmerford ist lang und dürr. Ihr dunkles Haar ist zu einer Art Krone aufgetürmt und mit einer Unmenge glitzernder Straßsteine besetzt.

Ihre Gestalt steckt in einem giftgrünen Sarong, zu dem sie passende Pantoffeln trägt.

Perry soll die Heiterkeit bald vergehen.

Mit wehendem Gewand kommt Miß Wimmerford auf ihn zugeeilt.

„Mein lieber Freund...", ruft sie kreischend. „Ich habe doch recht, daß Sie von einem bedeutenden Musikverlag kommen..."

Sie packt Perry am Arm und zieht ihn zu einem breiten Sessel. Bevor sich der Detektiv versieht, sitzt er auch schon drin.

„Ich wollte...", beginnt er die Situation zu klären, doch Miß Wimmerford läßt ihn nicht zu Wort kommen. Wie ein aufgescheuchtes Huhn springt sie im Zimmer umher.

„Natürlich weiß ich, was Sie wollen", schneidet sie Perrys Erklärung kurzerhand ab. „Sie haben von mir gehört und wollen sich meine neue Komposition anhören."

Cliftons Kinnlade klappt nach unten. Für einen Augenblick kneift er die Augen zusammen, während er überlegt,

daß er es nur einem Glücksfall zuzuschreiben hat, wenn er hier wieder herauskommt.
„Ich ... ich ... ich", beginnt er stotternd, „ich habe eigentlich ..."
Jane Wimmerford hat ihre Violine ergriffen und tritt mit verklärtem Gesichtsausdruck vor Perry hin.
„Ich weiß, Sie wollen zuerst den Titel hören ... Ich habe mein neues Stück ‚Serenade für vier Ameisen' getauft."
„A ... A ... Ameisen?" Jetzt ist Perry endgültig überzeugt, daß er in einem Irrenhaus gelandet ist.
„Ist es nicht ein herrlicher Titel? Er soll eine Verbeugung vor dem Fleiß der Ameisen sein. Ich werde Ihnen jetzt den ersten Satz vorspielen ..."
Perry zwickt sich ins Bein. Er muß wissen, ob er träumt, oder ob sich diese Geschichte wirklich abspielt ...
Miß Wimmerford beginnt ...
Obgleich der arme Clifton selbst kein Instrument beherrscht, ist er der festen Überzeugung, daß sämtliche Geigenbauer der Welt sofort umsatteln würden, wüßten sie, was hier mit einem ihrer Produkte angestellt wird.
Aber da ist noch ein anderer Ton im Zimmer. Ein helles, schmerzhaftes Jaulen ...
Miß Jane hat die Geige abgesetzt. Wutentbrannt schreit sie in die Ecke hinter Perry:
„Sei still, Nelson ..." und mit einem verzückten Augenaufschlag zu Perry setzt sie die Violine erneut ans Kinn. Vor dem ersten Strich wiederholt sie noch einmal: „Serenade für vier Ameisen, erster Satz."
Während die Solistin nun in unwahrscheinlicher Unmusikalität die Saiten der Violine traktiert, versucht Perry einen Blick hinter sich zu werfen. Und bald hat er die Ursache von Miß Wimmerfords Wutausbruch entdeckt.
Ein Hund. Es scheint sich um das Exemplar zu handeln, das die Frau auf dem Hausboot gemeint hatte.

Der Ärmste ist eine Mischung von Filzpantoffel, Kaffeewärmer und Pudelmütze. In seinen Augen steht unendliche Qual, und sofort wird Perry von Mitleid gepackt. Er ist sicher, daß das Hündchen um vieles mehr von Musik versteht als sein Frauchen.

„Nun, wie gefällt Ihnen der erste Satz?" Perry zuckt schuldbewußt zusammen und wendet sich wieder Miß Wimmerford zu ...

„Ausgezeichnet, liebe Miß Jane ...", schmeichelt er und ist fest entschlossen, dem Spuk ein Ende zu bereiten.

„Miß Wimmerford – ich bin Detektiv!"

Miß Jane stößt einen spitzen Schrei aus. „Nein", flötet sie schrill ... „Ich wußte gar nicht, daß die Verlage jetzt schon Detektive auf der Suche nach großen Künstlern verwenden ... Mister ... wie war doch Ihr Name?"

„Clifton ... Perry Clifton, Miß ...", murmelt Perry apathisch.

„Mister Clifton, für Sie spiele ich jetzt besonders schön. Serenade für vier Ameisen, zweiter Satz ..."

Doch es kommt zu keinem zweiten Einsatz. Mit lautem Knall ist die mißhandelte E-Saite geplatzt ...

Miß Wimmerford schimpft ...

Der Hund wimmert ...

Perry Clifton springt auf ... Er tritt auf die Miß zu, die sich mit der geplatzten Saite abmüht, und legt ihr die Hand auf den Arm.

„Wundervoll, Miß Wimmerford ... Sie werden sicher noch Gelegenheit haben, mir mehr vorzuspielen ... Da ist aber noch etwas anderes ... Sie besitzen doch ein Hausboot ..."

Es dauert einige Zeit, bis Miß Wimmerford den Sinn dieser Frage versteht ...

„Ein alter morscher Kasten ...", antwortet sie wegwerfend. „Ich habe ihn von einer meiner Tanten geerbt ...

Der Kahn hat nicht die geringste Akustik ... ich habe ihn vermietet."
„Vermietet?"
„Ja, an einen alten, weißhaarigen Herrn ... Mister John Pickles ... Ein reizender Mensch. Stellen Sie sich vor, als ich ihm meine letzte Serenade vorspielte, war er so begeistert, daß er Tränen vergoß ... und dann sagte er, daß er Musikprofessor sei."
Perry Clifton muß zweimal schlucken. Lange halte ich das nicht mehr aus, meint er im stillen. Doch dann kommt ihm die ungeheure Bedeutung von Miß Wimmerfords Worten zum Bewußtsein.
„Interessant. Kennen Sie zufällig die Adresse dieses Musikprofessors?"
Miß Wimmerford kichert plötzlich in sich hinein.
„Er tat damit immer sehr geheimnisvoll ... Niemand dürfe wissen, daß er sich zur Zeit in London aufhielte ..."
Perrys Enttäuschung wächst.
„Dann hat er Ihnen also nicht gesagt, wo er wohnt ..."
„Nein ..." Ihr Kichern verstärkt sich. Mit einem Male scheint sie Violine und Musik, Serenade und Entdeckung vergessen zu haben. Sie beugt sich zu Perry vor und flüstert aufgeregt: „Nein ... aber durch einen Zufall habe ich es doch erfahren."
Perry Clifton muß sich Mühe geben, um seine Erregung nicht zu auffällig werden zu lassen. Seine Hände sind ganz feucht ... Sollte er am Ende eines Weges angekommen sein?
„Sie haben es erfahren?" Seine Stimme ist belegt vor Spannung.
„Ja. Ich kam aus Gibbons Laden und ging Richtung Canniver-Street, als ich ihn plötzlich vor mir auftauchen sah. Er hat mich nicht gesehen ... Er verschwand in einem Haus in der Kaefer-Street ..."

„An die Hausnummer können Sie sich wohl nicht mehr erinnern?"
„Nein... aber in dem Haus war ein Tabakladen... Dort hole ich manchmal für Mister Gibbon Priem..."
Perry Clifton atmet tief auf... Es stört ihn nicht, daß Miß Jane Wimmerford wieder nach ihrem Instrument greift und sagt: „So, jetzt werde ich eine neue Saite aufziehen und Ihnen den zweiten Satz vorspielen..."
Perry winkt ab. „Später, liebe Miß Jane, später... Sie können mir dann Ihre ganze Ameisenserenade vorspielen..."
„Und Sie werden Ihrem Verlag von mir berichten?" verlangte Miß Wimmerford zu wissen.
„Ganz gewiß... Sagen Sie noch, Miß Wimmerford: Besaß Ihr reizender Musikprofessor auch einen Hund?"
„Ja, einen schwarzen Dackel." Ihre Stimme wird um eine Nuance kälter. „Er hatte keinen Anstand... er hat meinen Nelson in den Schwanz gebissen..."
Mit einer tiefen Verbeugung eilt Perry zur Tür. Noch einen letzten Blick, dann ist er draußen. Er ist in Schweiß gebadet und sein Gaumen ist ausgetrocknet wie nach einer langen Wüstenwanderung. Aber er fühlt sich glücklich. Glücklich und zufrieden. Das Opfer scheint sich gelohnt zu haben.

Ein neuer Diebstahl

Es ist zwölf Uhr vierzig, als Perry Clifton wieder in seiner Wohnung in Norwood eintrifft. Er kocht sich eine Suppe, während er für seinen vierbeinigen Gast wiederum eine Schale Milch wärmt.

Perry pfeift vergnügt vor sich hin, als Dicki zu ihm kommt.
„Tag, Mister Clifton ..."
„Tag, Dicki ... na, was gelernt in der Schule?"
„Das meiste habe ich schon gewußt", gibt Dick großspurig zur Antwort. Da fällt sein Blick auf den Dackel.
„Oh, Jocky ist ja noch da", stellt er glückstrahlend fest.
„Wie du siehst, ja, Dicki. Im übrigen heißt er nicht Jokky ... Madame Porelli hat ihn noch nie gesehen."
„Aber ..." Dicki kann es nicht fassen. Wo er doch keinen Augenblick daran gezweifelt hatte, daß es nur der Zirkusdackel Jocky sein könne.
Perry pfeift noch immer fröhlich vor sich hin. Als er Dickis verwunderten Blick sieht, lächelt er ihm zu.
„Die Dinge spitzen sich zu, Dicki ..."
„Wissen Sie schon, wer die Frau mit dem Dackel ist?" fragt Dicki fassungslos.
„Noch nicht. Aber heute nachmittag werde ich mehr wissen – vielleicht schon alles."
Dicki macht große Augen. Und als Perry ihn jetzt fragt, ob er auch einen Teller Champignon-Suppe möchte, schüttelt er den Kopf. Wer kann schließlich essen, wenn so große Ereignisse bevorstehen?
„Kann ich heute nachmittag mitgehen, Mister Clifton?"
Perry sieht nachdenklich auf Dicki.
„Ich weiß es noch nicht ..."
Dicki zieht eine beleidigte Schnute, während er mißmutig mault:
„Überall war ich dabei ... und entdeckt habe ich sie auch ... und jetzt soll ich nicht mitgehen ... Wo ich heute nicht einmal Schularbeiten aufhabe ..."
Perry Clifton kann sich diesen logischen Einwänden kaum verschließen. Und so läßt er Dicki hoffen.
„Wir werden sehen, Dicki."

Und sein kleiner Freund scheint zufrieden. Dann erinnert er sich der Geschichte vom vergangenen Abend.
„Waren Sie heute schon auf dem Hausboot?"
Perry nickt.
„War ich. Und noch jemand habe ich kennengelernt. Miß Wimmerford!" Dazu lächelt er vielsagend.
Man sieht es Dicki an, daß ihm dieser Name nichts sagt.
„Sie ist eine große Violinkünstlerin. Ich hatte sogar das Vergnügen, ihre letzte große Komposition anhören zu dürfen..."
„Hat sie was mit dem Dackel zu tun?"
„Nicht direkt. Aber sie hat mich auf eine neue Spur geführt..."
Und dann erzählt Perry seinem Freund Dicki in allen Einzelheiten von seinem Besuch bei Jane Wimmerford. Dicki amüsiert sich königlich, und man sieht es seinem verschmitzten Lausbubengesicht an, wie er es förmlich miterlebt. Am liebsten würde er auch einen Besuch in der Whitman-Street machen, und Perry hat Mühe, ihm klarzumachen, daß das nicht geht.
„Ich habe aber eine große Bitte an dich, Dicki", lenkt er ab.
„Was soll ich machen?" fragt Dicki mißtrauisch, denn er hat Perry durchschaut und dessen Ablenkungsmanöver erkannt.
„Würdest du dich in den nächsten Stunden einmal meines vierbeinigen Besuchers annehmen?"
„Oh, ja", strahlt Dicki. Doch plötzlich verfinstert sich seine Miene.
„Sie wollen mich nur nicht mitnehmen... deshalb soll ich mit dem Dackel wandern..."
„Hunde gehen gern spazieren", gibt Perry lächelnd zu bedenken.

„Ich würde ja auch gern gehen ... aber gerade jetzt ..."
„Hör zu, Dicki", erklärt Perry mit ernstem Gesicht. „Ich muß jetzt dringend meinen Freund Scotty Skiffer im Yard sprechen. Er muß nämlich dabeisein, wenn ich heute nachmittag die geheimnisvolle Dame in ihrer Wohnung besuche. Anschließend komme ich her und hole dich ab. Einverstanden?"
„Einverstanden, Mister Clifton", strahlt Dicki jetzt wieder. Schließlich ist ein Versprechen ein Versprechen.
„Dann bleibe also in der Nähe und laufe nicht wieder hinter allen möglichen Leuten her."
„Ich werde mich nicht von der Stelle rühren!"
„Bis zu einem Baum solltest du schon gehen. Was soll der Dackel von dir denken ..."

Zwei Ereignisse nehmen zum gleichen Zeitpunkt ihren Anfang.
Genau um dreizehn Uhr zehn verläßt Perry Clifton seine Wohnung in Norwood, um seinen Freund Scotty Skiffer aufzusuchen.
Auf dreizehn Uhr zehn stehen auch die Zeiger auf der Uhr an der Baptistenkirche im Vorort Ilford, als ein französischer Personenwagen mit Londoner Nummer an der Rückseite der Kirche zum Stehen kommt.
Die Tür neben dem Volant öffnet sich, und eine Frau klettert heraus.
Eine Frau in der Uniform eines Hauptmanns der Heilsarmee. Sie schlägt die vordere Tür zu, öffnet gleichzeitig die hintere Tür des Fonds und befördert eine große Reisetasche ans Tageslicht.
Mit weitausholenden Schritten umrundet sie die Baptistenkirche und steuert einem Geschäft auf der gegenüberliegenden Straßenseite zu.

OLIVER SMITH, GOLD UND EDELSTEINE, steht in goldenen Lettern über der Schaufensterfront.
Sekunden später setzt sie die Reisetasche behutsam auf den Veloursläufer in Oliver Smiths gepflegtem Verkaufsraum.
Die Tageszeit ist gut gewählt. Sie ist die einzige Kundin.
Doch Mister Smith scheint von Kunden in Uniformen der Heilsarmee nicht sonderlich erbaut zu sein.
Seine Miene hat sich schlagartig verfinstert. Mit schmalgewordenen Lippen und einem Heben und Senken der Schultern drückt er aus, was er über den Besuch denkt:
„Oh, die Heilsarmee", beginnt er theatralisch. „Die Heilsarmee in meinem Geschäft? Sie bemühen sich umsonst, liebe Dame. Ich gebe jeden Monat einen festen Betrag für die Armen. Und diesen Monat habe ich schon gegeben." Zur Untermalung des letzten Satzes nimmt er seine goldgefaßte Brille von der Nase und beginnt sie mit Nachdruck zu putzen. Durch diese Geste ist ihm das spöttische Aufblitzen in den Augen der Frau entgangen.
Mister Smith ist bereits auf dem Wege zur Tür, denn als guter Geschäftsmann darf er auch in solcher Situation nicht die Regeln der Höflichkeit außer acht lassen, als er eine tiefe, grollende Stimme vernimmt:
„Guten Tag", sagt diese Stimme.
Mister Oliver Smith stoppt mitten im Schritt ab und wendet sich der widerspenstigen Spendensammlerin zu.
„Guten Tag", erwidert er verwirrt und weiß für Sekunden nicht, wohin mit den Händen.
„Sie sprechen in grober Unkenntnis der Sachlage, mein Herr", ertönt die tiefe Stimme der Frau, und Smiths Verwirrung steigt noch mehr. „Ich komme nicht als Bittende, sondern...", sie macht eine Atempause, „als Kundin!"
Oliver Smith steigt die Röte der Verlegenheit ins Gesicht, während er mit staksigen Schritten wieder hinter seinen Ladentisch geht.

„Ich bitte tausendmal um Entschuldigung, Gnädigste", bringt er hervor. Die Frau tut, als würde sie die Verlegenheit nicht bemerken.
„Mister Smith", fragt sie sachlich, „kennen Sie General Cleveland?"
Oliver Smith, seine Unwissenheit verfluchend, schüttelt stumm den Kopf. Dann erkundigt er sich stockend: „Ist der Herr General auch von der Heilsarmee?"
„Er ist der oberste Chef von London, Mister Smith!" kommt der aufklärende Bescheid. Der Händler nimmt die Aufklärung dankend an. Er ist etwas durcheinandergeraten und sucht seine Verlegenheit zu überbrücken, indem er sich des näheren über den General informieren möchte. Doch die Frau läßt sich keine Zeit für lange Ausführungen.
„General Cleveland feiert im nächsten Monat sein fünfzigjähriges Dienstjubiläum. Verstehen Sie? Fünfzig Jahre im Dienst gegen Hunger, Armut und Elend ..."
Mister Smith kann nur ehrfurchtsvoll nicken. Was soll er auch sagen? Woher soll er wissen, daß der Chef von London einen völlig anderen Namen hat? Daß er jünger ist und daß ein Mitglied der Heilsarmee nie mit den Verdiensten eines ihrer Mitglieder hausieren geht?
„Er erhält aus diesem Anlaß eine goldene Ehrentafel. Wir – seine Offiziere – haben nun gesammelt und wollen ihm einen großen Diamanten kaufen, der in die Tafel eingelassen werden soll." Und dann dröhnt es Mister Smith in die Ohren: „Sie, Mister Smith, wurden uns als ein ausgezeichneter, zuverlässiger Goldschmied empfohlen. Würden Sie diese Arbeit übernehmen?"
„Es wird mir eine Ehre sein, Mylady", beteuert Smith, wird jedoch im gleichen Atemzug streng belehrt:
„Ich bin Hauptmann!" Und dann gespannt: „Haben Sie auch einen entsprechenden Stein zur Verfügung?"

„Selbstverständlich, Myla... Verzeihung, Frau Hauptmann... Darf ich Ihnen einige Stücke zur Auswahl vorlegen?"
„Ich bitte darum!"
„Und wie teuer darf der Stein sein?"
„Vierhundert Pfund!"
„Vierhundert Pfund?" wiederholt Oliver Smith, und in seiner Stimme schwingt eine gehörige Portion Hochachtung vor dem begüterten Offizierskorps der Heilsarmee mit.
„Wenn Sie mich bitte einen Augenblick entschuldigen wollen; ich habe die Steine hinten..."
Behend eilt Oliver Smith in seine hinteren Räume. Der weibliche Hauptmann verliert keine Zeit. Hastig beugt er sich zu seiner Tasche hinunter und zieht den nur zu einem Viertel geöffneten Reißverschluß ganz zurück.
Die spitze Schnauze eines neugierigen Dackels schiebt sich heraus und schnuppert interessiert den Geruch der neuen Umgebung ein.
Blitzschnell fährt die Frau wieder hoch.
Mister Smith ist zurück. Vorsichtig stellt er ein mit blauem Samt ausgeschlagenes Tablett auf den Ladentisch. „Jeder Stein kostet so um die von Ihnen gewünschten vierhundert Pfund. Einige etwas teurer – andere dafür wieder um einiges billiger."
„Wunderschön", sagt die Frau, und Smith lächelt geschmeichelt.
Ohne Zögern hat die Frau nach dem kostbarsten Stein gegriffen und betrachtet ihn andächtig.
„Sie scheinen etwas von Edelsteinen zu verstehen. Er ist der schönste – und der teuerste", setzt er hinzu.
„Und wie teuer?"
„Knapp fünfhundert Pfund." Smith entgeht die Erregung in der Stimme der Frau.

„Schade", sagt die Frau und will den Stein zurücklegen.
Das ist der Augenblick, den Oliver Smith so schnell nicht vergessen wird.
Er sieht, wie der kostbare Diamant einen kleinen Bogen beschreibt und herunterfällt. Die Frau stößt einen kurzen, tiefen Laut aus und geht schnell einen Schritt rückwärts. Während ihre Augen suchend den Boden abtasten, fühlt sich Smith befleißigt, zu sagen:
„Keine Sorge, der ist nicht weit gefallen ..."
Und dann geschieht das Unerwartete. Die Frau geht plötzlich mit raschen Schritten zur Tür und öffnet sie einen Spalt. Dazu sagt sie:
„Oh, der will sicher hinaus ..."
Oliver Smith, der den hinaushuschenden Dackel nicht gesehen hat, fragt verblüfft:
„Wer möchte hinaus?"
„Na, Ihr kleiner Dackel."
„Wieso – ich habe keinen Dackel ..." Smith scheint total durcheinander zu sein.
„So? Na dann muß er vorhin mit mir hereingekommen sein ... Aber kommen Sie, wir wollen den Stein suchen ..."
Ein vor sich hin redender weiblicher Hauptmann der Heilsarmee und ein immer unruhiger werdender Goldschmied suchen ... suchen ... suchen ... und suchen ...

Eine Viertelstunde später verläßt ein tödlich beleidigter Hauptmann der Heilsarmee den Laden des restlos verstörten Gold- und Edelsteinhändlers Oliver Smith.
Ohne sich umzusehen geht die Frau auf die Baptistenkirche zu. Smith sieht sie durch das Hauptportal ins Innere verschwinden.
Vier Minuten danach tritt aus dem rückwärtigen Ausgang der gleichen Kirche ein alter, weißhaariger Gentleman. Sich

schwer auf einen Stock stützend, geht er auf einen französischen Personenwagen mit Londoner Nummer zu.
Fast geräuschlos springt der Motor an, und an Oliver Smiths Schaufensterfront vorbei schlägt er den Weg zur Innenstadt ein.

Zum zehnten Male hat sich Dicki bei Straßenpassanten nach der Zeit erkundigt. Und zum zwanzigsten Male hat ihn der Dackel an denselben Hydranten gezogen. Wo nur Perry Clifton bleibt, überlegt Dicki und fragt sich ernsthaft, ob ihn sein Freund wohl versetzt habe.
„Verzeihung, Sir, würden Sie mir bitte sagen, wie spät es ist?"
„Fünfzehn Uhr zwanzig auf die Minute, mein Sohn!"
„Danke..."
Dicki ist so sehr mit seinen Gedanken beschäftigt, daß ihm das Heranfahren eines Wagens völlig entgeht.
„Hallo, Dicki!" Es ist Perry Clifton.
„Na endlich..."
„Komm, steig ein."
„Und der Dackel?" Doch Dickis Frage erledigt sich von selbst. Der Dackel hat Perry erkannt und ist mit einem einzigen Satz in den Wagen gesprungen. Lachend schiebt sich Dicki hinterher.
„Ich hatte schon geglaubt, Sie kämen nicht mehr, Mister Clifton."
Während Perry anfährt und sich in den laufenden Verkehr einreiht, berichtet er:
„Ich habe im Yard so lange auf Mister Skiffer gewartet. Und dann war es doch umsonst. Man sagte mir, daß er in irgendeiner Sache nach Ilford mußte. Aber ich habe ihm eine Nachricht hinterlassen. Er wird anschließend in die Kaefer-Street kommen."
Dickis Augen glänzen.

„Mir klopft direkt das Herz, wenn ich daran denke, daß wir gleich die Dame mit dem schwarzen Dackel festnehmen."

„Nun, festnehmen kann sie nur Scotty", dämpft Perry Dickis Unternehmungsgeist, „aber immerhin wird sie uns bis zu seinem Eintreffen Gesellschaft leisten. Und allein das ist schon die Sache wert . . ."

Eine gute halbe Stunde dauert die Fahrt.

Als Perry in die Kaefer-Street einbiegt, spürt er, daß die Spannung in ihm ihren Höhepunkt erreicht hat. Der Gedanke, in Kürze der vielgesuchten und raffiniertesten Trickdiebin der letzten Jahre gegenüberzustehen, löst eine Lawine der verschiedenartigsten Gefühle in ihm aus.

Perry hat den bewußten Tabakladen sofort entdeckt. Es ist ihm gleich, daß weit und breit keine Parkmöglichkeit zu sehen ist, und daß er den Wagen direkt unter einem Parkverbotsschild abstellen muß.

„Gehen wir gleich hinein, Mister Clifton?" erkundigt sich Dicki und reibt sich dabei die vor Erregung feuchten Hände an der Hose ab.

„Warte hier, Dicki. Ich werde mich im Tabakladen erkundigen, ob der sagenhafte Mister Pickles zu Hause ist!"

Die Tapetentür

Perry betritt mit einem freundlichen Gruß den kleinen Laden.

Die Frau, bei der es sich offensichtlich um die Inhaberin handelt, ist klein und rundlich. Perry bemerkt sofort den bitteren Zug um ihre Lippen. Da auch aus ihren Augen ein gewisser Kummer spricht, verzeiht es ihr Perry, daß die

Erwiderung auf seinen Gruß nicht sehr freundlich ausfällt.
„Bitte, Sir, welche Sorte wünschen Sie?"
„Ich hoffe, daß Sie es mir nicht verübeln, daß ich weder Zigaretten noch Zigarren möchte ... Ich nehme doch an, daß Sie ziemlich genau wissen, was hier im Hause vorgeht?"
„Wenn Sie glauben, Mister, daß ich den Leuten hinterherspioniere, so sind Sie im Irrtum", antwortet die Ladeninhaberin gekränkt und hat mit einmal ein verschlossenes Gesicht.
„Sie haben mich mißverstanden, Mistreß", versucht Perry zu beschwichtigen. „Mich interessiert weiter nichts als die Auskunft, ob Mister Pickles zu Hause ist."
Jetzt wird es sich zeigen, ob Miß Wimmerford einem Irrtum zum Opfer gefallen ist. Ebenso könnte es sein, daß Mister Pickles sich gar nicht Mister Pickles nennt. Gebannt hängen seine Augen an den Lippen der Frau.
„Da schauen Sie wohl am besten selber nach. Er ist mitunter tagelang nicht zu sehen. Woher soll ich da wissen, ob er jetzt da ist. Erster Stock, Gang nach rechts."
„Ich danke Ihnen ..."
Perry atmet befreit auf, als er wieder im Freien steht. Die merkwürdig gedrückte Atmosphäre hatte sich ihm auf die Brust gelegt. Oder war es nur die Angst, es könne sich alles als Irrtum erweisen? Perry denkt im Augenblick nicht weiter darüber nach. Mit einem Handzeichen gibt er Dicki zu verstehen, daß er kommen soll.
„Ist sie da?" will Dicki wissen, während er krampfhaft versucht, seine Aufregung zu verbergen.
„Keine Ahnung. Ich muß erst nachsehen ..."

Kein Wort sprechen sie, als sie die ausgetretenen Stufen zum ersten Stockwerk hinaufgehen. Perry drängen sich

dabei unwillkürlich Vergleiche zu dem Treppenaufgang in der Whitman-Street auf. Auch hier ist vieles erneuerungsbedürftig. Dazu kommt noch eine miserable Beleuchtung, denn das winzige Hausfenster ist so verschmutzt, daß sich Licht und Sonne vergeblich um ein Eindringen bemühen.
An der Biegung zum Etagengang weist Perry Dicki an, zurückzubleiben, während er sich nach rechts wendet.
Die zweite Tür ist die gesuchte. Auf einem kleinen weißen Pappkärtchen steht es: MR. JOHN PICKLES.
Perry lauscht mit angehaltenem Atem. Doch kein Geräusch läßt darauf schließen, daß sich jemand in der Wohnung befindet.
Als er klopft, dröhnt es durch das halbe Haus. Die darauffolgende Stille ist fast greifbar.
Perry wiederholt sein Klopfen.
Nichts ... Doch da ... Die Haustüre wurde geöffnet ... Schritte auf der Treppe. Noch bevor Perry seinem Freund Dicki ein Zeichen geben kann, ist dieser an seiner Seite, wobei er unnötigerweise flüstert:
„Es kommt jemand!"
Perry greift Dicki am Arm und zieht ihn in eine Nische schräg gegenüber der Tür.
Jetzt haben die Schritte den obersten Absatz erreicht. Eine Gestalt biegt, nach einem vorsichtigen Blick in den fast dunklen Gang, um die Ecke und nähert sich der bewußten Tür mit dem weißen Kärtchen.
Perry tritt aus der Nische hervor.
„Hallo, Scotty!"
Inspektor Scotty Skiffer reagiert blitzschnell. Einen Sprung zur Seite machen und sich dabei umwenden ist eins. Dann entspannt er sich.
„Teufel noch mal, Perry ... Du hast mich nicht schlecht erschreckt!" kommt es gedämpft von seinen Lippen.
„Was ist eigentlich los? Ich habe deinen Zettel gefunden."

„Hast du den Haussuchungsbefehl mitgebracht?" fragt Perry zurück.
Scotty nickt.
„Es war gar nicht so leicht, in dieser kurzen Zeit ein solches Papier zu beschaffen. Du weißt, Richter Gartny ist in solchen Dingen komisch. Was hat denn dieser Mister Pickles mit der Dackeldame zu tun?"
„Alles wahrscheinlich. Sie sind ein und dieselbe Person..."
Inspektor Skiffer blickt ungläubig auf seinen Freund.
„Du irrst dich nicht?"
„Ich glaube nein..."
„Weißt du, wo ich jetzt herkomme?" Ohne auf Perrys Antwort zu warten, sagte er es: „Aus Ilford. Deine Dackeldame war wieder am Werk. Diesmal hat sie sich einen Diamanten im Werte von annähernd fünfhundert Pfund geangelt. Zur Abwechslung in der Uniform eines Heilsarmee-Hauptmanns..."
„Deshalb ist sie auch nicht da...", ist alles, was Perry dazu sagt. Er weist auf die Tür: „Wie kommen wir hinein?"
Inspektor Skiffer hat wie unbeabsichtigt seine Hand auf die Klinke der Tür gelegt. Bei Perrys Frage drückt seine Hand automatisch auf die Klinke, und überrascht fährt er zurück. Mit einem leisen Klicken springt die Tür auf...
„Dann wollen wir uns mal ein bißchen umsehen", erfaßt er die Situation. Das ist der Augenblick, wo Dicki an ihm vorbei ins Zimmer huschen will. Mister Skiffer faßt ihn an der Schulter. „Halt, mein Sohn. Du mußt draußenbleiben..."
„Scotty, ich hab's ihm versprochen", vermittelt Perry und zwinkert dabei seinem Freund zu.
„Na, meinetwegen", gibt dieser nach und setzt hinzu: „Aber nichts anfassen!"
„Ich fasse bestimmt nichts an, Herr Inspektor", beteuert Dicki...

Bis zum letzten Nerv gespannt machen sich Perry Clifton und Scotty Skiffer an die Untersuchung der zwei zusammenhängenden Räume. Alles ist peinlich genau aufgeräumt und sauber, und über allem liegt ein ganz feiner, kaum wahrnehmbarer Parfümgeruch.
Sie lassen keinen Winkel außer acht, doch sie finden nicht den kleinsten Beweis dafür, daß in diesen Räumen eine raffinierte Diebin und Verwandlungskünstlerin wohnt.
Während Scotty Skiffer den Wohnraum systematisch von oben nach unten dreht, tut Perry das gleiche mit dem Schlafraum.
Kein Kleid, keine Haarnadel, nichts, was auf einen weiblichen Bewohner schließen läßt.
Da stößt Perry einen Ruf der Überraschung aus. Als er einen anscheinend leeren Karton unter dem Bett hervorziehen will, merkt er, daß es sich nur um einen Kartondeckel handelt ... Er hebt ihn auf, und zwei Dinge kommen zum Vorschein: Ein Saufnapf und eine Freßschüssel. In beiden befinden sich noch Reste.
„Nicht schlecht", nickt Inspektor Skiffer, „aber leider noch kein schlagender Beweis."
Eine halbe Stunde suchen sie weiter. Der Erfolg ist niederschmetternd. Doch dann, als Scotty die Untersuchung gerade abbrechen will, kommt Dickis großer Augenblick.
Hatte er sich die erste Zeit zurückgehalten und nur den Nachforschungen der beiden Männer zugesehen, so war er dann doch auch ein wenig herumgelaufen. Hatte dahin gesehen und dorthin.
Plötzlich hatten seine Augen etwas entdeckt. Hinter einem Vorhang, der von Inspektor Skiffer zurückgezogen war, hingen zwei Anzüge. Zwischen diesen Anzügen aber konnte man die Tapete der Wand sehen ...
Und was den scharfen Augen des Polizeibeamten entgangen ist – das findet Dicki ...

„Mister Skiffer, sehen Sie mal..."
„Was ist denn?" Inspektor Scotty Skiffer ist herangetreten. Aufmerksam folgt sein Blick Dickis ausgestrecktem Zeigefinger. Zuerst ungläubig, dann maßlos überrascht, sieht er ebenfalls den verräterischen dunklen Strich, der sich von oben nach unten durch die Tapete zieht.
Anerkennend klopft er Dicki auf die Schulter.
„Bist ein Prachtkerl, Dicki... He, Perry, komm her!"
Er schiebt die beiden Anzüge ganz nach links und rechts.
„Eine Tapetentür", bemerkt Perry Clifton fassungslos.
„Nur die Frage, wie sie zu öffnen ist", erwidert Scotty, während seine Hände tastend an der kaum wahrnehmbaren Ritze entlangfahren. „Irgendwo muß ein Mechanismus sein..."
Fünf Minuten vergehen, bis Inspektor Skiffer den kleinen Knopf unmittelbar über der Scheuerleiste entdeckt. Mit einem leisen Geräusch springt die Verriegelung der Tapetentür aus der Verankerung... Ein Kämmerchen von etwa einem auf zwei Meter bietet sich ihren Blicken.
Es bedarf einiger Atemzüge, bevor Perry Clifton und Scotty Skiffer ihre Verblüffung überwunden haben.
Das vor ihnen liegende Verlies stellt eine Mischung von Kleiderfundus, Schminkkabine und Requisitenkammer dar.
„Die Krankenschwesterntracht", stöhnt Perry überwältigt.
„Und die Kleider der trauernden Witwe...", ergänzt Scotty.
Es ist wahrhaftig eine Fundgrube.
Krückstöcke, eine Anzahl verschiedenhaariger Perücken, Taschen, Schirme, die komplette Ausrüstung eines Omnibusschaffners, Kopftücher, Hüte für Damen und Herren und ein Koffer. Beim Öffnen finden sie die Uniform eines Marinesoldaten.
„Bessere Beweismittel gibt es auf der ganzen Welt nicht",

stellt Scotty Skiffer sachlich fest. Er vergißt dabei, daß er schon einen entscheidenden Fehler begangen hat.
Währenddessen betrachtet Perry Clifton angelegentlich eine Flasche. Und er scheint scharf nachzudenken, denn auf seiner Stirn hat sich eine steile Falte gebildet.
„Was ist das?" will Skiffer wissen.
„Eine Riesenflasche mit schwarzem Haarfärbemittel... Komisch, nicht...?"
„Wieso braucht sie denn ein Haarfärbemittel, wenn sie so viele Perücken hat?" wirft Dicki sachkundig ein.
„Eben..." Plötzlich kommt es wie eine Erleuchtung über Perry. Er schlägt sich mit der Hand vor die Stirn.
„Scotty, mir kommt da eine ungeheure Idee... weißt du, wofür sie das Haarfärbemittel braucht?"
„Na?"
„Für Madame Porellis Dackel... Sie hat dem Dackel einfach das Fell schwarz gefärbt..."

Einige Minuten zuvor.
Während die drei fassungslos vor dem kleinen Gemach stehen, betritt ein alter weißhaariger Gentleman mit einem schwarzen Dackel an der Leine den Hauseingang. In der Hand trägt er eine große Reisetasche.
Stufe um Stufe steigt er dem ersten Stock zu. Augenblicke später legt er die Hand auf die Klinke einer Tür mit einer weißen Visitenkarte... da geschieht es...
Der Dackel läßt ein leises, warnendes Knurren hören.
„Was ist denn, Jocky?" fragt der alte Herr und beugt sich zu dem Tier hinunter, doch mitten in der Bewegung erstarrt er... Einige Atemzüge lang steht er unbeweglich, doch dann kommt Leben in ihn...
„Komm, Jocky", flüstert er, „es wird höchste Zeit, daß wir von hier verschwinden."

Auf Zehenspitzen eilt er denselben Weg zurück.

„Ah, Mister Pickles... ein Päckchen Goldflake wie immer?"

„Ja, bitte", antwortet der Weißhaarige. „Sagen Sie, Mistreß Ward, hat jemand nach mir gefragt?"

Die Frau nickt eifrig.

„Stimmt, ja... Das hätte ich bald vergessen. Vorhin fragte ein Herr nach Ihnen. Und wenig später kam noch ein Mann von Scotland Yard und wollte ebenfalls wissen, wo Sie wohnen... Und ich dachte schon, er käme wegen Sascha..."

Der Weißhaarige zahlt.

„Dann will ich mal schnell nach oben gehen. Ich habe die Herren nämlich schon erwartet."

Mistreß Ward macht einen Versuch zu scherzen, indem sie bestürzt mit dem Finger winkt: „Sie werden doch hoffentlich nichts ausgefressen haben, Mister Pickles?"

Mister Pickles beugt sich geheimnisvoll zu ihr hinüber und flüstert: „Doch, Mistreß Ward, ich habe eine ganze Menge Diamanten gestohlen... Aber nicht weitersagen." Das letzte sagt er mit einem Augenzwinkern.

Mistreß Ward lacht, während Mister Pickles nach einem letzten Winken durch die Tür verschwindet.

Ein reizender Mensch, denkt sie im stillen.

Der weißhaarige Gentleman, dieser reizende Mensch mit dem schwarzen Dackel und der großen Reisetasche, hat es plötzlich sehr eilig. Und nach wenigen Minuten hat ihn der Verkehr verschluckt.

Gewissenhaft versiegelt Inspektor Scotty Skiffer die Wohnung des falschen Mister Pickles.

„Die Dame scheint eine Menge Schlupfwinkel zu haben",

murmelt er dabei. „Ich glaube nicht, daß sie heute nach hier zurückkommt."

„Du willst doch die Wohnung nicht unbeaufsichtigt lassen?" fragt Perry Clifton.

„Ich werde zwei gute Beamte hier postieren. Einen im Haus und einen in der Umgebung. Außerdem lasse ich sofort eine Großfahndung anlaufen. Entweder wir erwischen sie dabei – oder sie geht hier in die Falle..."

„Deinen Optimismus möchte ich haben, Scotty", meint Perry skeptisch.

„Alles ist eine Frage der Zeit... Hast du eine Ahnung, ob es hier in der Nähe ein Telefon gibt?"

„Unten im Tabakladen ist bestimmt eines, Mister Skiffer", meint Dicki eifrig und reckt dabei ein wenig seine Brust heraus. Schließlich sind ihm die „Beweismittel" zu verdanken.

„Okay, Mister Miller", grinst Skiffer, „gehen wir in den Tabakladen."

Mistreß Ward, die Inhaberin des kleinen Tabakladens, sieht den drei Eintretenden erstaunt entgegen.

„Haben Sie ein Telefon, Mistreß?" fragt Skiffer ohne lange Umschweife. „Ich müßte mal ein Gespräch führen."

„Ja, habe ich... Dort hinten steht der Apparat."

Der Inspektor hat schon den Hörer in der Hand, als Mistreß Ward ahnungslos die Frage stellt:

„Haben Sie Mister Pickles getroffen, Inspektor?"

Langsam legt Scotty Skiffer den Hörer auf die Gabel zurück. Man sieht es ihm an, daß er Schreckliches ahnt.

„Wieso soll ich ihn getroffen haben? Die Wohnung war leer."

Die Tabakwarenhändlerin schüttelt zweifelnd den Kopf.

„Das verstehe ich nicht. Er hat doch gesagt, daß er sofort nach oben gehen wolle."

Perry Clifton und Dicki Miller sehen sich erschrocken an, während Inspektor Skiffer mächtig bemüht ist, seinen Ärger zu verbergen.
„So, er war also hier ..."
„Vor fünf Minuten etwa ... Ich sagte ihm, daß er von zwei Herren erwartet würde ... Daraufhin hat er sich sehr beeilt."
„Das kann ich mir denken ...", stellt der Inspektor bissig fest. „An seiner Stelle wäre ich auch einer Rakete gleich davon." Und zu Perry Clifton gewandt: „Die ganze Großfahndung hätten wir uns sparen können ... Wie ein Anfänger habe ich mich benommen ..."
Mistreß Ward hat aufmerksam zugehört, jedoch kein Wort verstanden. Dann fallen ihr Mister Pickles' letzte Worte ein ...
„Sagen Sie, Inspektor ... ich weiß zwar nicht, was hier gespielt wird ... hat sich Mister Pickles denn etwas zuschulden kommen lassen?"
Scotty Skiffer lacht kurz und trocken auf.
„Mister Pickles ist kein Mister Pickles, sondern die gefährlichste Trickdiebin, die in den letzten Jahren London unsicher gemacht hat."
Mistreß Ward macht große, runde Augen. „Trickdiebin", stammelt sie fassungslos. „Und ich habe ihr meine beste Wohnung vermietet ... Vielleicht hat sie gar etwas mit dem Verschwinden meines Sascha zu tun ..."
Sie schluchzt trocken auf.
„Wer ist Sascha?" will Skiffer wissen, und auch Perry Clifton und Dicki sind hellhörig geworden.
„Mein Dackel ... seit drei Tagen ist er spurlos verschwunden ... überall habe ich gefragt ... auch auf der Polizeistation ... Und Sascha würde nie von allein fortlaufen ..."
Dicki ist plötzlich wie der Blitz durch die Ladentür ver-

schwunden. Das Scheppern der Türglocke ist noch nicht verstummt, als Scotty fragt:
„Ein brauner Dackel?", und Perry ergänzt: „Der am liebsten warme Milch trinkt?"
Mistreß Ward nickt heftig. „Ja, braun und kurzhaarig..."
Sie will noch etwas sagen, als die Türglocke wieder stürmisch zu schellen beginnt...
Alles andere geht in einem lauten Bellen unter. Perrys vierbeiniger Gast gebärdet sich wie toll und springt abwechselnd an Mistreß Ward und Perry hoch, während der Tabakwarenhändlerin dicke, runde Tränen über die Wange rollen... „Sascha... mein Sascha", schluchzt sie ein um das andere Mal.
„Das ist also Ihr Hund?" erkundigt sich Inspektor Skiffer.
Mistreß Ward nickt heftig. Und nachdem sie sich kräftig geschneuzt hat, fragt sie:
„Wo haben Sie ihn denn gefunden?"
„Unsere geheimnisvolle Dame, Ihr Mister Pickles, hat ihn als Lockmittel benutzt."
Dicki findet, daß es an der Zeit ist, auch seine und Perrys Verdienste ins rechte Licht zu rücken:
„Mein Freund Perry hat ihm immer warme Milch gegeben und einen guten Platz zum Schlafen..." Als er den dankbaren Blick sieht, mit dem die Frau Perry ansieht, ergänzt er selbstgefällig: „Und ich habe ihn immer auf die Straße geführt!"
Verstohlen schielt Dicki nach seinem Freund Perry. Man kann ja nie wissen. Vielleicht bringt es dieser fertig und verbessert sein „immer-auf-die-Straße-geführt" in ein „auch-einmal-auf-die-Straße-geführt". Doch Perry lächelt nur still vor sich hin.
Mistreß Ward schiebt Dicki eine Pfundnote hin. „Hier, sicher hast du eine Sparbüchse."

Dicki hat schon die Hand ausgestreckt und die Erklärung über die Nutzlosigkeit einer Sparbüchse auf der Zunge, als er sie verlegen wieder zurückzieht.
„Ich habe es gern getan ... dafür nehme ich kein Geld ...", murmelt er in harter Selbstüberwindung und schilt sich im geheimen einen Narren ...
Perry kommt ihm zu Hilfe.
„Du hast sie dir wirklich verdient, Dicki ..."
„Danke", sagt Dicki glücklich und läßt den Geldschein mit der Geschwindigkeit eines Taschenspielers in seiner Hosentasche verschwinden, wo er sich in angenehmer Gesellschaft mit Steinen, Bindfaden, einem Korkenzieher und einem Brillengestell befindet.

Die Zwillingsschwester

Zwei Tage sind seit den Ereignissen in der Kaefer-Street vergangen.
Die von Inspektor Skiffer ausgelöste Großfahndung läuft auf vollen Touren.
Jeder Polizist in Groß-London ist im Besitz einer ungefähren Personenbeschreibung der Dackeldame. Einer Beschreibung, die man aus den bisher vorliegenden Tatsachen und Zeugenaussagen gewonnen hat.
Und noch einmal hat man allen Warenhäusern und Schmuckwarenhändlern eine dringende Warnung zukommen lassen. Doch was insgeheim erwartet wird – trifft ein.
Die Dame mit dem schwarzen Dackel scheint der Erdboden verschluckt zu haben. Auch kein neuer Diebstahl oder Diebstahlversuch wird gemeldet.
Perry Clifton scheint am Ende seiner Kunst zu sein.

Zum hundertsten Male schon ist er alle Fakten durchgegangen. Und jedesmal, wenn er zu dem Punkt der Haussuchung in der Kaefer-Street gelangt, befällt ihn neuer Ärger.
Eines steht für ihn fest: Der vierbeinige Diebesgehilfe ist kein anderer als der Zirkusdackel Jocky.
Und dabei ist er wieder bei Madame Porelli. Er kann es drehen und wenden wie er will: Der Schlüssel zur Lösung des Rätsels muß aus ihrer Umgebung kommen.
So beschließt Perry Clifton, ihr noch einmal einen Besuch zu machen.

Es geht auf Mittag zu, als er in die Wingert-Street einbiegt. Madame Porelli scheint gerade nach Hause gekommen zu sein, denn Mantel und Hut liegen noch auf einem Stuhl. Ihre tiefe Stimme ist voller Ironie und Spott, als sie Perry begrüßt:
„Ach, du liebe Güte, Perry Clifton, der Superdetektiv..."
Perry läßt sich nicht beeindrucken. Ohne Aufforderung setzt er sich auf einen Stuhl.
„Immerhin weiß ich etwas über Ihren Dackel Jocky!"
Die Artistin mustert ihn mißtrauisch, als wolle sie prüfen, ob Perrys Worte nur pure Aufschneiderei sind.
„So?"
„Ich weiß nicht nur, daß er das Werkzeug einer unwahrscheinlich raffinierten Diebin ist, ich weiß sogar, daß er sein Fell gewechselt hat."
„Sie sprechen in Rätseln, Mister Clifton", erwidert Madame Porelli, die nicht weiß, worauf Perry hinaus will.
Perry klärt sie auf:
„Daran ist nichts Rätselhaftes. Seine augenblickliche Besitzerin hat ihm nur das Fell gefärbt. Jocky ist zur Zeit schwarz."

Madame Porellis Stimme ist heiser vor Erregung, und ihre Augen sprühen, als sie fragt: „Soll das ein Scherz sein?"
Perry schüttelt den Kopf. „Mir ist nicht zum Scherzen zumute. Vorgestern hätten wir die Dame um ein Haar erwischt. Zur Abwechslung in der Maske eines alten, weißhaarigen Gentlemans."
Madame Porelli beginnt in ihrem Wohnwagen auf und ab zu gehen. Ihre Fäuste sind geballt und ihr Mund verkniffen. „Das ist Tierquälerei...", bringt sie nach einer Weile hervor, und man spürt, daß sie am Rande ihrer Beherrschung zu sein scheint. Plötzlich faßt sie Perry Clifton am Arm und versucht ihn zu schütteln. Dabei zischt sie ihm ins Gesicht: „Warum fangen Sie die Frau nicht endlich... warum... warum...?"
Ebenso schnell läßt sie wieder los. Gesenkten Hauptes flüstert sie:
„Verzeihen Sie, Mister Clifton, wenn ich mich gehenließ... Aber wenn ich mir vorstelle, was diese Person mit meinem armen Hund anstellt, könnte ich vor Wut und Verzweiflung aus der Haut fahren..."
Schwer läßt sie sich auf einen Stuhl fallen.
Perry Clifton versucht ihr etwas Tröstliches zu sagen.
„Es ist nur eine Frage der Zeit, bis sie sich in den Maschen des aufgespannten Netzes verfängt..."
Sie schüttelt nur stumm den Kopf.
Perry beginnt auf den Grund seines Besuchs zu kommen:
„Hören Sie, Madame, ich habe die Dinge von allen Seiten beleuchtet: Es gibt keine andere Möglichkeit als die, daß die Diebin in Ihrem Bekanntenkreis oder in Ihrem früheren Kollegenkreis beim Zirkus zu finden ist... Haben Sie mal darüber nachgedacht?"
Sie nickt und erwidert mit abwesender Stimme:
„Ich wüßte niemanden, der einer solchen Gemeinheit fähig wäre... Ich lebe hier sehr zurückgezogen. Wenn mich je-

mand besucht, dann ist es höchstens der Briefträger ... Seit der Sache mit Jocky bin ich regelrecht menschenscheu geworden ... und was Sie mir da von meinem gefärbten Jokky erzählen, das will und will mir nicht in den Kopf ... Hallo, Mister Clifton ... was haben Sie denn?"
Perry Clifton hat die letzten Worte Madame Porellis wohl nicht wahrgenommen. Gebannt hängen seine Augen an einem Gegenstand in der Ecke des Wohnwagens. Langsam erhebt er sich von seinem Stuhl und geht wie hypnotisiert auf ein kleines, barockes Schränkchen zu, auf dem eine gerahmte Fotografie steht ...
Wie in Trance streckt er die Hand aus. Mit starren Blicken mustert Perry Clifton die Fotografie in dem lederüberzogenen Rahmen.
Sekunden später flüstert er schwer atmend:
„Eine Frau in Männerkleidung ... Madame Porelli, das sind Sie ..."
Madame Porelli läßt ein gequältes Lachen hören.
„Sie urteilen schon wieder einmal sehr vorschnell, lieber Mister Clifton ... und Sie denken zu schnell. Das bin ich nicht!"
Entgeistert gleiten Perrys Blicke zwischen der Frau auf dem Stuhl und der Fotografie hin und her.
„Sie sind es nicht? Ja, wer soll es sonst sein? Sagen Sie mir, wer sieht außer Ihnen aus wie Sie?"
„Nur *ein* Mensch. Meine Zwillingsschwester Claire ... *Ihr* Bild halten Sie zwischen den Fingern."
Perry hat Mühe, sich von der Fotografie loszureißen.
„Sie haben mir nie von Ihrer Zwillingsschwester erzählt."
Madame Porellis Stimme ist mit einmal hart.
„Ich habe keinen Grund, Sie über meine Familienangelegenheiten aufzuklären, und noch weniger, von Claire zu sprechen ..."
„Sie mögen sie nicht?"

„Sie interessiert mich nicht mehr. Wenn ihr Bild noch auf dem Schrank steht, dann nur deshalb, weil es immer dort gestanden hat und weil es mich auch ein wenig an meine Mutter erinnert."

„Treffen Sie Ihre Schwester nicht mehr?" Perry Clifton ist von einer seltsamen Unruhe ergriffen worden. Liegt hier der Schlüssel, nach dem er so sucht?

„Unsere Wege haben sich schon vor vielen Jahren getrennt. Wie ich hoffe für immer."

Perry merkt einen Kälteschauer. Ihre Stimme hat jegliche Wärme verloren. Nur noch Haß ist zu hören.

„Sie hatten Streit?" wirft Perry leise fragend ein.

„Wie man's nimmt. Claire trat in einem Varieté als Verkleidungskünstlerin auf. Leider hatte sie nie den Erfolg wie ich mit meinen Hunden... Sie müssen wissen, daß ich früher ganze Rudel von Hunden dressiert und vorgeführt habe... Ja, und da wurde sie immer neidischer. Sie gönnte mir meine Erfolge nicht... Eines Tages kam es dann zu einem bitterbösen Auftritt, in dessen Verlauf wir beschlossen, uns zu trennen... Sie schwor mir Rache... aber das waren wohl nur große Worte..."

Madame Porelli stützt ihren Kopf auf die Arme. Perry Clifton hat ihr aufmerksam zugehört.

„Wissen Sie, wo sich Ihre Schwester zur Zeit aufhält?"

„Keine Ahnung", erwidert die Frau leise. „Das letztemal hörte ich vor vier Jahren von ihr. Angeblich sollte sie damals in einem Tingeltangel irgendwo in Australien auftreten..." Nach einer kleinen Atempause fährt Madame Porelli bitter fort:

„Es genügte ihr auch nicht mehr, unseren guten Namen Porelli zu behalten. Sie nannte sich Judith Corano."

Perry Clifton spricht den Namen gedehnt vor sich hin...

„Ju-dith Co-ra-no..." Er würde ihn nie wieder vergessen.

„Hatte sie die gleiche tiefe Stimme wie Sie?"
Madame Porelli nickt. „Ja ... Wenn Sie glauben, daß Claire in London ist, ich ..." Sie spricht nicht weiter. Innerlich aufgewühlt verbirgt sie den Kopf wieder in ihren Armen.
„Einen ihrer Schlupfwinkel haben wir in der Kaefer-Street entdeckt ... Wie gesagt, wir kamen leider zu spät ... Denken Sie nach, Madame Porelli, können Sie uns nicht ein paar Anhaltspunkte geben? Irgendwelche Eigenheiten ... Angewohnheiten ...?"
Madame Porelli denkt lange nach. Als sie den Kopf hebt, drückt ihre Miene Zweifel aus. „Sollte es wirklich so weit mit ihr gekommen sein ...?" fragt sie gequält.
Perry zuckt mit den Schultern.
„Ich erinnere mich, daß sie eine große Vorliebe für französische Personenwagen hatte. Aber das wird Ihnen ja nicht viel nützen."
Perry verabschiedet sich, nachdem er der alten Artistin noch ein paar aufmunternde Worte gesagt hat.
An der Tür wendet er sich noch einmal um.
„Ich glaube, daß wir in spätestens vierundzwanzig Stunden Ihre Schwester gefunden haben – wenn sie sich hier aufhält ..."
„Viel Glück, Mister Clifton", antwortet Madame Porelli müde.

Man nehme eine Weltstadt mit acht Millionen vierhunderttausend Einwohnern und versuche eine Frau zu finden, deren richtiger Name Claire Porelli, ihr Künstlername Judith Corano ist. Dabei kann man in diesem Fall sicher sein, daß sie sich unter keinem dieser Namen bewegt. Hinzu kommt ihr Geschick, ihr Aussehen zu wechseln wie ein Chamäleon. Eine unlösbare Aufgabe?

Perry Clifton weiß selbst nicht, woher er die Gewißheit nimmt, daß Madame Porellis Zwillingsschwester Claire die gesuchte Dame mit dem schwarzen Dackel ist.
Perry ist froher Dinge, als er seine Wohnung betritt.
Es ist genau dreizehn Uhr.
Der Detektiv entfaltet eine fieberhafte Tätigkeit. Mit einem energischen Handgriff fegt er die Tischplatte leer, und bald häufen sich Straßenkarten, Stadtpläne, Notizzettel und – ein Telefonbuch darauf.
Perry bereitet eine Art Marschplan vor.
Als Perry Clifton seine merkwürdige Arbeit abschließt, zeigt sein Reisewecker auf der Kommode vierzehn Uhr und dreißig Minuten.
Er packt ein paar Zettel in eine Mappe und verläßt seine Wohnung.
Vierzehn Uhr achtunddreißig wendet er auf der Straße seinen Mietwagen und fährt rasch in Richtung City davon.
Dreißig Sekunden später löst sich aus dem Schatten einer riesigen Reklametafel für Prince-Albert-Tabak ein französischer Reisewagen und hält auf das Haus Stareplace Nr. 14 zu.
Mit sanftem Ruck kommt der schwere Wagen zum Stehen. Die Tür öffnet sich und ein Polizist steigt aus. Er trägt ein kleines Paket unter dem Arm und geht mit schnellen Schritten auf den Eingang zu.
Vierzehn Uhr vierundvierzig klingelt er an der Wohnungstür mit dem Namen Miller im obersten Stockwerk.
„Ja, bitte?" Mistreß Miller fährt beim Anblick des Polizisten der heiße Schreck in die Glieder.
„Guten Tag, Mistreß. Ich bin Sergeant beim sechzehnten Polizeirevier..."
„Du liebe Güte", unterbricht Mistreß Miller ihn, „hat mein Dicki etwas ausgefressen?"

Der Polizist winkt ab.
„Kein Anlaß zur Sorge. Ich möchte Sie nur bitten, dieses Paket Mister Clifton auszuhändigen. Er scheint leider nicht zu Hause zu sein."
Erleichtert atmet Dickis Mutter auf.
„Soll ich ihm auch etwas ausrichten, Sergeant?"
„Nicht nötig. Er weiß schon Bescheid."

Mister Jeremias Ratherkent raucht nur Zigarren

Fast fünfzig Meilen nördlich von London liegt die Stadt Luton.
Wie in jeder Stadt gibt es in Luton ein Rathaus und wie in fast jedem Rathaus auch ein Standesamt.
Der Standesbeamte von Luton heißt Jeremias Ratherkent, er ist vierundsechzig Jahre und freut sich auf seine baldige Pensionierung. Zweiundvierzig Jahre war er dann Beamter, davon allein neunzehn Standesbeamter.
Zehn Minuten vor sechzehn Uhr erhebt sich Mister Ratherkent ächzend aus seinem Sessel, um das Fenster zu öffnen. Er hat es in den Beinen, und deshalb geht alles ein wenig langsamer.
In zehn Minuten ist Büroschluß, und wie die meisten Beamten hält Jeremias Ratherkent viel von einem pünktlichen Feierabend. Auf der anderen Seite jedoch ist Mister Ratherkent nur einmal in seinen zweiundvierzig Dienstjahren zu spät gekommen. Das war an dem Tag, als sich ein Schäferhund aus unerfindlichen Gründen in seinem hinteren Hosenteil verbissen hatte und zu guter Letzt mit einem nicht unbeträchtlichen Beutestück das Weite suchte.

Seit diesem Tag macht Jeremias Ratherkent um jeden Schäferhund einen weiten Bogen.

Es ist inzwischen fünf Minuten vor sechzehn Uhr geworden. Der Standesbeamte sammelt seine Stifte und Akten zusammen.
Da klingelt das Telefon.
Ratherkent blickt mißtrauisch auf den Apparat. Doch dann siegt sein Pflichtbewußtsein. Schließlich ist es noch nicht sechzehn Uhr.
„Ratherkent", meldet er sich höflich.
„Rauchen Sie Zigarren, Zigaretten oder Pfeife?" fragt eine Stimme am anderen Ende todernst.
Jeremias glaubt zuerst, einem Irrtum zum Opfer gefallen zu sein. Er schüttelt den Hörer in seiner Hand, als wolle er feststellen, ob vielleicht etwas lose darin sei.
„Hallo?" ruft er unsicher in die Muschel.
„Ich bitte nur um Beantwortung meiner Frage, Mister Ratherkent."
Jeremias Ratherkent richtet sich steif auf. Ebenso steif antwortet er:
„Mein Herr, ich weiß zwar nicht, mit wem ich die Ehre habe, solcherlei geistreiche Konversation zu führen. Aber ich darf Ihren Wissensdurst dahingehend befriedigen, daß ich mich in einem Alter befinde, in dem ein seriöser Gentleman nur noch Zigarren raucht."
Zufrieden mit sich und seiner gedrechselten Auskunft legt Ratherkent den Hörer auf die Gabel zurück.
„Immer Haltung, Jeremias. Auch ein Verrückter hat das Recht, auf eine Frage eine Antwort zu bekommen", spricht er zu sich und setzt seine unterbrochenen Aufräumungsarbeiten fort.
Zwei Minuten nach sechzehn Uhr, er ist bereits in Hut und Mantel, klopft es an seine Tür.

„Herein!" ruft Ratherkent, fest entschlossen, seinen Feierabend zu verteidigen.
Mit gerunzelter Stirn betrachtet er den jungen Mann, der mit strahlendem Lächeln vor ihm steht.
„Lieber Mister Ratherkent, ich weiß, daß Sie bereits seit einigen Minuten sozusagen außer Dienst sind. Wenn ich Sie trotzdem belästige, so liegt das an der außerordentlichen Wichtigkeit meiner Mission. Damit Sie sehen, daß ich einen Ihrerseitigen Teilverzicht auf den wohlverdienten Feierabend zu schätzen weiß, erlaube ich mir, Ihnen hiermit fünfzig Zigarren der allerbesten Sorte zu überreichen."
Mit einer Verbeugung legt der junge Mann dem fassungslosen Standesbeamten eine Kiste mit Zigarren in die Hände.
Jeremias Ratherkent hat nicht nur die charmante Art, mit der er überrumpelt werden soll, zur Kenntnis genommen. Ebenso hat er mit der Sachkenntnis eines alten Zigarrenrauchers festgestellt, daß es sich wirklich um eine ausgezeichnete Sorte handelt. Eine Sorte, die ihm sein Beamtengehalt nur an hohen Festtagen ermöglicht.
„Was haben Sie denn für einen Wunsch?" fragt er viel freundlicher, als er eigentlich beabsichtigt hatte.
„Ich suche eine bestimmte Familie in Luton. Leider wird es dazu notwendig sein, daß man die Register mehrerer Jahrgänge durchblättert, da ich weder das genaue Jahr noch den Monat oder den Tag weiß."
Nach kurzem Zögern beginnt sich Jeremias Ratherkent wieder auszukleiden. Pedantisch hängt er seinen Mantel auf den Bügel, legt den Hut ins Fach und weist seinem Besucher stumm einen Stuhl zu.
Nach zehn Minuten ist nur noch das Atmen der beiden Männer und das Rascheln von umgewendeten Papierseiten zu hören.

Falle oder Ablenkung?

Dicki Miller ist unruhig, als hätte er einen ganzen Ameisen-Völkerstamm in der Hose.
Wo nur Perry bleiben mag? Jetzt wartet er seit Stunden. Dabei schielt er immer wieder zu dem Paket, das der Polizist gebracht hat.
Da... waren da nicht Schritte im Treppenhaus? Dicki ist mit wenigen Sprüngen an der Tür und legt lauschend ein Ohr an die Füllung.
„Ist es Mister Clifton, Dicki?" fragt Mistreß Miller aus der Küche, wo sie beim Abwasch klappert.
„Ich weiß es noch nicht..."
Es muß Perry Clifton sein. Vorsichtig öffnet Dicki die Tür einen Spalt breit. Das Hauslicht brennt... und da taucht auch schon Perrys Kopf auf.
„Sie kommen aber spät, Mister Clifton", empfängt Dicki seinen großen Freund vorwurfsvoll. „Es ist schon neun durch."
„So", lächelt Perry und droht mit dem Finger. „Solltest du da nicht schon lange im Bett liegen?"
„Ich habe auf Sie gewartet, weil ich Ihnen was übergeben muß", erklärt Dicki, von der Wichtigkeit seiner Mission überzeugt.
Während Perry Clifton seine Wohnungstür aufschließt, ist Dicki wie der Blitz verschwunden. Mit dem Paket unter dem Arm kommt er zurück.
„Ein Polizist hat es heute nachmittag gebracht", sagt er, und schiebt sich an Perry vorbei in dessen Wohnung.
„Komisch", wundert sich der Detektiv. „Vielleicht ist es von Scotty..."
Clifton zieht seinen Mantel aus und wirft zwei Shilling-Münzen in den Gasheizautomaten.

„Soll ich aufmachen?" bietet sich Dicki an und tastet bereits nach seinem nagelneuen Taschenmesser.
„Meinetwegen ... nanu, ein neues Messer?"
Dicki nickt stolz. „Ich habe es heute gekauft ... Von dem Pfund, das mir Mistreß Ward geschenkt hat."
Anerkennend mustert Perry das Messer. „Scheint ja alles dran zu sein."
„Ja, Korkenzieher, Nagelfeile, Schere und noch ein Haufen mehr ... Ronnie Hasting wird staunen ... Der gibt nämlich immer so mit seinem Spinatstecher an."
„Womit gibt er an?"
„Na, mit seinem Messer. Dabei hat er nur einen verrosteten Büchsenöffner dran ..."
Während seiner langatmigen Erklärung hat Dicki den Bindfaden, der das Paket zusammenhielt, in eine Unmenge kleiner Stücke zersäbelt. Vorsichtig hebt er den Deckel hoch – und starrt entgeistert auf den Inhalt.
„Hallo, Mister Clifton ..."
„Was ist, Dicki ...?"
Perry will gerade den Teekessel auf die Gasflamme stellen.
„Was ist denn drin?"
Als Dicki schweigt, wendet er sich um. Da haben seine Augen den obersten Teil des Inhalts erfaßt. Mit einem Sprung ist er bei Dicki.
„Die Dame mit dem schwarzen Dackel", ruft er aus und wirft die Sachen einzeln auf den Tisch: einen Anzug, eine weiße Perücke, eine Uniformjacke, eine Uniformhose und eine Schirmmütze ...
„Der Hauptmann der Heilsarmee und der komplette weißhaarige Gentleman ..."
Dicki blickt entgeistert auf die Kleidungsstücke.
„Sie glauben, daß sie die Sachen geschickt hat?"
„Sie war selbst da, Dicki. Der Polizist war niemand anders als die Dame mit dem schwarzen Dackel."

Es vergehen Minuten, bis Dicki das verdaut hat. Die Dakkeldame war also hier. Vielleicht gar zu der Zeit, als Dicki sein neues Messer kaufen ging.

Perry untersucht die Taschen der Uniform. Aber er findet nichts. Keinen Hinweis auf den wirklichen Besitzer.

Da bückt sich Dicki plötzlich.

„Hier, Mister Clifton, ein Brief ..."

„Sieh einer an, die Dame schreibt mir sogar einen Brief."

Ohne ein Zeichen besonderer Aufregung nimmt ihn Perry Dicki aus der Hand und schlitzt ihn auf. Dickis Augen hängen gebannt an Perrys Gesicht.

„Ist es wieder eine Drohung?" fragt er mit belegter Stimme.

Perry überfliegt die Zeilen, dann antwortet er:

„Eher das Gegenteil. Willst du hören, was die Lady schreibt?"

Dicki nickt heftig.

„Lieber Mister Clifton! Ich habe Sie unterschätzt. Aber ich möchte mich mit Ihnen treffen – versteht sich: ohne Polizei. Bei dieser Gelegenheit will ich Ihnen etwas übergeben, wofür Sie sicherlich Interesse haben werden. Ich vertraue Ihnen also, und damit Sie sehen, daß ich es ernst meine, übergebe ich Ihnen hiermit zwei meiner Verkleidungen. Kommen Sie morgen nachmittag um zwei Uhr in die Gartenanlagen von Sheltmans. Im zweiten Nebengang finden Sie eine dunkelblau gestrichene Hütte. Das soll der Treffpunkt sein. Sie werden erwartet."

Dicki schluckt schwer.

„Werden Sie hingehen?"

„Selbstverständlich", erwidert Perry und stopft die Kleidungsstücke in den Karton zurück.

„Aber es ist bestimmt gefährlich", gibt Dicki zu bedenken.

„Ich glaube nicht."

„Und wenn es eine Falle ist?" Dicki ist nicht so schnell zu beruhigen.
„Es wird weniger eine Falle als ein Ablenkungsmanöver sein. Wenn die gute Judith Corano wüßte, wie nah ich ihr schon auf den Fersen bin, würde sie auf solche Mätzchen verzichten."
„Judith Corano...? Wer ist das?"
„Stimmt", erinnert sich Perry. „Du hast ja keine Ahnung, daß ich heute noch einmal bei Madame Porelli war..."
Und dann macht Dicki kugelrunde Augen, als ihm Perry die Geschichte von der Zwillingsschwester der Madame Porelli erzählt.
„Ob wir sie erwischen?" fragt er atemlos, denn für ihn steht es fest, daß er dabeisein wird.
„Wir werden sie erwischen, Dicki... schon sehr bald!"

Die großen Zeiger auf dem gewaltigen Zifferblatt an der anglikanischen Kirche in Brixton zeigen fünf Minuten bis vierzehn Uhr.
Vom Himmel, der eben noch die Farbe eines bleiernen Grau hatte, fällt jetzt leiser Nieselregen.
Langsam biegt der Morris, eine schwarze Spur auf dem lackglänzenden Asphalt hinterlassend, in die Bridge-Street ein.
Mit abgestelltem Motor fährt der Wagen auf die Einfahrt zu Sheltmans Gartenanlagen zu.
Es ist dreizehn Uhr achtundfünfzig, als Perry Clifton den Morris genau vor der Einfahrt zum Stehen bringt...
Perry nickt Dicki kurz zu. „Abgemacht, Dicki, solltest du was Verdächtiges bemerken, drückst du zweimal auf die Hupe."
„Mach ich, Mister Clifton", antwortet Dicki mit leiser Stimme.

Mit weitausholenden Schritten strebt Perry Clifton dem zweiten Nebenweg zu, während er aus den Augenwinkeln heraus die Umgebung mustert. Aber niemand scheint Lust zu verspüren, an einem solchen regnerischen Novembertag seine Zeit im Garten zu verbringen.
Das Schlagwerk in der Uhr der anglikanischen Kirche beginnt zu läuten. Vierzehn Uhr ...
Jetzt hat Perry den zweiten Nebenweg erreicht. Nichts rührt sich. Langsam, Schritt für Schritt, geht der Detektiv weiter ...
Nach wenigen Metern hat er die Hütte entdeckt, deren Holz mit einem schreienden Blau bemalt ist.
Das Gartentor steht offen. Der Weg zur Hütte ist mit Kies bestreut.
Perry zögert einen Augenblick.
Als er auf die Hütte zuzugehen beginnt, knirscht der Kies unter seinen Schuhen ... Noch acht Meter ... Nichts geschieht, kein Laut ist zu hören ... Vier Meter ... zwei ...
Perry lauscht ... Langsam legt er seine Hand auf den eisernen Türgriff ... Mit einem heftigen Ruck stößt er die Tür auf und fährt im gleichen Moment erschrocken und entsetzt zurück ...
Mit wütendem Gekläff ist ein Hund aus der Hütte gestürzt und springt um Perry herum, der sich den Schweiß von der Stirn wischt. Wird Zeit, daß sich meine Nerven wieder erholen können, ärgert er sich innerlich über seine Schreckhaftigkeit.
„Na, komm her!"
Der Hund bellt noch gereizter. Dabei schüttelt er sich ein um das andere Mal ...
„Jocky ... sei ein lieber Hund ..." Der Dackel stutzt, als er seinen Namen hört. Und plötzlich geht er schweifwedelnd auf Perry zu. Warm fährt seine Zunge über Perrys ausgestreckte Hand.

„So ist es lieb, Jocky ... jetzt wirst du bald wieder bei deinem Frauchen sein."
Verdutzt blickt Perry auf seine Hand. Schwarze Flecken zeichnen sich darauf ab ... Als der Dackel schmusend an seinem Bein vorbeistreicht, sieht er des Rätsels Lösung. Jocky, der Diebesdackel, färbt ab ... Perry muß unwillkürlich lachen.
Bevor er zum Wagen zurückkehrt, wirft er noch einen schnellen Blick in die Hütte. Wie erwartet ist sie leer. Bis auf wenige Gartengeräte enthält sie nur noch eine alte, zusammengefaltete Decke, die wahrscheinlich dem Dackel als Lager gedient hat.

Dicki bleibt die Spucke weg, als er hinter Perry treu und brav einen schwarzen Dackel trippeln sieht.
Im Nu ist er aus dem Wagen heraus.
„Vorsichtig, daß du dich nicht schwarz machst!" ruft ihm Perry warnend zu, und als er Dickis verständnisloses Gesicht wahrnimmt, erklärt er: „Unser vierbeiniger Freund färbt ab wie ein frischgestrichener Gartenzaun."
So steht Dicki starr und steif und läßt sich von allen Seiten beschnuppern.
„Und was jetzt?" fragt er endlich und macht vorsichtig einen Schritt zur Seite.
„Jetzt muß ich erst einmal telefonieren. Anschließend bringen wir dann den Dackel zu Madame Porelli zurück. Sie kann ihn gleich in einen Waschzuber stecken ..."
„Und Miß Corano oder wie sie heißt?"
Perry macht ein geheimnisvolles Gesicht.
„Auch die wird uns noch heute in die Falle gehen – wenn alles klappt. Deshalb muß ich ja mit Inspektor Skiffer telefonieren ... Ja ja, Madame Porelli wird Augen machen, wenn sie plötzlich ihrer Zwillingsschwester Claire gegenübersteht ..."

Dicki brummt grimmig und drohend: „Wenn ich Madame Porelli wäre, würde ich meiner diebischen Schwester alle Haare einzeln ausreißen..."
„Aber, aber...", dämpft Perry seines kleinen Freundes kriegerische Gefühle.
„Mein Großvater sagt immer: Auge um Auge und Zahn auf Zahn!"
Perry verbessert grinsend: „Sicher meint dein Großvater ‚Zahn um Zahn'."
„Da ist doch kein Unterschied..." Dicki hat etwas dagegen, wenn jemand seines Großvaters Zitatenschatz anzweifelt. Selbst Perry darf das nicht. Und rechthaberisch wiederholt er deshalb: „Auge um Auge, Zahn auf Zahn!"
„Na, meinetwegen. Mach mit deinen Zähnen, was du willst. Aber jetzt müssen wir sehen, daß wir weiterkommen. Schließlich haben wir heute noch eine ganze Menge zu tun."

Das letzte Kapitel

In einer stillen Teestube am Matton-Square sitzt Dicki und wartet auf Perry Clifton.
Er ist inzwischen beim fünften Kakao angelangt.
Schon nach dem ersten beschloß er, seinen Platz zu wechseln. Nun sitzt er so, daß er den altmodischen Regulator über dem Kachelofen sehen kann.
Eine Stunde wollte Perry wegbleiben. Und jetzt ist es schon fast siebzehn Uhr.
„Bitte, noch einen Kakao..."
Die dicke Frau nickt ihm freundlich zu. „Hoffentlich platzt dir nicht der Bauch."

„Ich kann zwanzig Tassen trinken!" übertreibt Dicki maßlos und genießt die Hochachtung der Bedienung ...
Er ist dankbar für jede Ablenkung, denn sobald er an die bevorstehende Entlarvung der Dackeldame denkt, beginnt sein Herz wie wild zu klopfen. Und es klopft überall dort, wo es eigentlich nicht klopfen sollte. Im Bauch, in den Händen, und am meisten im Hals.
Er, Dicki Miller, wird dabeisein, wenn man die vielgejagte Diamantendiebin stellt. Ein unvorstellbarer Gedanke. Das Schlimme ist nur, daß er seinen Freunden in der Schule nichts davon sagen darf. Sein Nebensitzer Ronnie und der dünne David würden vor Neid erblassen. Im Geist sieht er sich auf dem Katheder stehen und mit lässigen Gesten von seinen Abenteuern erzählen. Vielleicht würde dann sogar Miß Carter, seine Lehrerin, „Sie" zu ihm sagen. Dicki kichert still in sich hinein ... Und er dürfte sie Agathe nennen ...
Aber hatte ihm Perry nicht schon damals nach der Geschichte mit dem Baron Kandarski und dem geheimnisvollen Würfel verboten, darüber zu sprechen? Es ist zum Auswachsen mit den Erwachsenen. Da hilft man ihnen nun, und zum Dank muß man auch noch die Klappe halten.
Dicki sieht zur Uhr.
Fünf Minuten nach siebzehn Uhr.
„Kann ich noch eine Tasse Kakao haben, Miß?"
„Nein, mein Freund!"
Erschrocken fährt Dicki herum ... Perry Clifton nickt ihm freundlich zu: „Es ist Zeit, Dicki."
Rasch springt Dicki auf. „Ich habe sechs Kakao getrunken", bereitet er seinen Freund auf die Rechnung vor.
„Was, sechs Tassen Kakao? Du lieber Himmel, wir sind doch nicht in der Wüste."
Die Bedienung ist näher getreten. Mit ernstem Gesicht sagt sie zu Perry:

„Das ist noch gar nichts. Er kann zwanzig Tassen trinken."
Dicki überlegt: Soll er sich in ein Mauseloch verkriechen – oder soll er bei seiner Behauptung bleiben? Aber der Gedanke daran, daß ihm Perry womöglich die restlichen vierzehn Tassen servieren läßt, verursacht ihm ein Schütteln.
„Na ja, zehn, vielleicht", schwächt er seine Übertreibung von vorhin ab und verschwindet durch die Tür.
Perry zahlt und geht ihm nach.
Still steigen sie in den Wagen.
Das letzte Kapitel kann beginnen.

Der Regen hat aufgehört. Die Luft ist feucht und kalt. Es herrscht nur wenig Verkehr in der Wingert-Street, als Perry seinen Morris in die schmale Toreinfahrt lenkt. Vorbei an Gerümpel und Müll.
Als sie aussteigen, schauert Dicki fröstelnd zusammen. Jokky steht schon vor der Tür des Wohnwagens und wedelt wie wild mit seinem dünnen Schwanz.
Perry sieht auf seine Uhr. Siebzehn Uhr und dreißig Minuten. Er streicht Dicki noch einmal über die Haare.
„Komm..."
Er klopft zweimal.
„Wer ist da?"
„Perry Clifton!"
„Kommen Sie herein, die Tür ist nicht verschlossen."
Jocky ist der erste, der schweifwedelnd im Inneren des Wohnwagens verschwindet. Sein glückliches Bellen ist sicher mehrere Straßen weit zu hören.
Perry schiebt Dicki vor sich hin. Gewissenhaft schließt er hinter sich die Tür.
Madame Porelli kniet auf dem Boden und versucht sich der Begeisterung des Dackels zu erwehren.
„Eigentlich wollte ich Sie schon fragen, Mister Clifton, ob Sie sich nicht gleich bei mir ein Bett aufstellen wollen..."

„Und jetzt?"
„Jetzt muß ich mich bei Ihnen bedanken ... Es ist Ihnen also wirklich gelungen, meinen Jocky zu finden."
„Wie Sie sehen!"
„Ihre Schwester hat ihn schwarz gefärbt, aber die Farbe geht ganz leicht ab", ruft ihr Dicki zu, der sich mit ihr freut.
„Ich sehe es", nickt Madame Porelli und zeigt Dicki ihre Hände.
„Darf ich Ihnen einen Whisky anbieten, Mister Clifton?"
Madame Porellis Stimme ist voller Glück. Mit strahlenden Augen richtet sie sich auf.
„Nein, danke ... zu so später Stunde trinke ich nie."
„Werden Sie jetzt wieder im Zirkus auftreten, Madame Porelli?" erkundigt sich Dicki und hockt sich auf das marokkanische Sitzkissen, auf dem er schon bei seinem ersten Besuch Platz genommen hatte.
„Vielleicht ... vielleicht auch nicht ... Ich hätte Lust, mit Jocky zu verreisen ..."
Perry steht noch immer schweigend in der Mitte des Wohnwagens.
„Wo haben Sie denn meinen Jocky aufgespürt?" Wieder ist es Dicki, der die Beantwortung der Frage übernimmt:
„In einer Gartenhütte ... aber das ist noch nicht alles", sprudelt er in grenzenloser Begeisterung hervor ... „Wir werden heute auch noch Ihre Schwester fangen."
Madame Porelli blickt fragend auf Perry Clifton.
„Ist das wahr, Mister Clifton?"
„Stimmt. Ihr Hinweis auf Ihre Zwillingsschwester war unbezahlbar ..."
„Und wo steckt meine Schwester?"
Perrys Stimme hat jede Verbindlichkeit verloren.
„Immer der Reihe nach. Ich habe gestern einige sehr interessante Fahrten und Besuche unternommen ..."

„So?" Madame Porelli setzt sich auf einen dreibeinigen Hocker am Fenstertisch.

„Ich war noch einmal in dem Krankenhaus in der Baker-Street. Anschließend besuchte ich Direktor Paddlestone vom Zirkus ... Von ihm erfuhr ich auch, daß Sie aus Luton stammen."

„Das hätten Sie auch von mir erfahren können", wirft Madame Porelli finster ein.

„Sicher ... Wie Sie sehen, habe ich keine Mühe und keine Zeit gescheut, um Ihre Zwillingsschwester ausfindig zu machen ... Beziehungsweise ihr auf die Schliche zu kommen ... Zwei Stunden lang habe ich zusammen mit dem Standesbeamten von Luton Register gewälzt ... übrigens ein netter Mensch, dieser Mister Ratherkent ... es hat sich gelohnt ..."

„Was hat sich gelohnt?" kommt es leise von den Lippen der Artistin.

„Ich habe gefunden, was ich gesucht habe: Im Jahrgang 1903 fand ich unter dem 12. September einen Eintrag. Mister und Mistreß Porelli melden die Geburt eines Mädchens an. Name des Mädchens: Geraldine. Geraldine Porelli."

„Und?"

„Hören Sie, Madame Porelli, ich sagte: *ein* Mädchen. Im Geburtenregister stand nichts von Zwillingen." Perrys Stimme ist eiskalt ...

Dicki glaubt, vor Entsetzen sterben zu müssen. Fassungslos wandern seine Blicke zwischen Perry Clifton und Madame Porelli hin und her. Einer Madame Porelli, deren Aussehen sich beängstigend verändert hat.

„Es existiert keine Zwillingsschwester, Madam", fährt Perry unerbittlich fort. „Die Patientin im Krankenhaus hieß zwar Porelli, doch war ihr Vorname Susan. Sie ist Ihre Nichte und hatte von den einträglichen Diebstählen ihrer Tante keine Ahnung."

„Sie elender Schnüffler, Sie..." Madame Porelli ist aschgrau im Gesicht. Ihre Augen lodern haßerfüllt.
„Für Madame Porelli wird es keine Vorstellungen mehr geben. Auch keine Reisen... außer einer, aber die führt wohl ins Gefängnis... ob Sie wollen oder nicht... Tja, Sie haben eine Reihe großer Fehler gemacht. Ihr größter war Ihr überheblicher Leichtsinn. Sie haben alle anderen Mitmenschen für dumm gehalten... Ein Kompliment muß ich Ihnen allerdings machen", Perry deutet spöttisch eine höfliche Verbeugung an, „Ihre Schauspielkunst war meisterhaft und vollendet..."
Madame Porelli erhebt sich langsam. Ihre Züge sind verzerrt, während ihr Atem stoßweise geht.
„Sie verdammter Narr...", zischt sie Perry zu, „Sie glauben doch nicht, daß Sie hier heil herauskommen...!"
Dicki hat sich auch erhoben. Der Schreck sitzt ihm in den Gliedern.
„Du brauchst keine Angst zu haben, Dicki. Madame Porelli ist im Augenblick harmlos wie eine von Miß Wimmerfords musikalischen Ameisen..."
„Ich werde Sie alle beide...", keucht sie, ohne den Satz zu vollenden, und macht einen Sprung zur Tür...
Krachend fliegt in diesem Moment die Tür auf.
„Bemühen Sie sich nicht, Mylady. Wir sind zum Empfang gerüstet."
Madame Porellis Augen flackern. Mit einem dumpfen Laut sinkt sie auf dem marokkanischen Sitzkissen zusammen. Sie weiß, daß das große Spiel verloren ist.
„Ich bin Inspektor Skiffer von Scotland Yard. Im Namen der Königin verhafte ich Sie wegen fortgesetzten Diebstahls. Ich mache Sie darauf aufmerksam, daß alles, was Sie ab jetzt sagen, gegen Sie verwandt werden kann."
Noch einmal flackert es in Madame Porelli auf. Rauh und heiser ist ihre dunkle Stimme:

„Sie können mir nichts beweisen ... gar nichts ..."
Inspektor Skiffer hebt kurz die Hand.
Aus dem anonymen Dunkel des Hofes schiebt sich eine Gestalt an Scotty Skiffer vorbei.
„Ja, Inspektor, das ist das Gesicht von weißhaarige Gentleman ..."
„Sie irren sich nicht?"
Der Mann klopft sich vor die Brust. „Jan Krenatzki irrt sich nicht. Sehen Sie, ist gleiche Uhr wie bei Gentleman ..."

Ein Wort noch...

Ja, liebe Leser, sicher wollt Ihr wissen, was aus dem Dackel Jocky geworden ist. Stimmt's? Direktor James Paddlestone nahm sich seiner an. Und als die neue Spielzeit begann, hatte er ihm beigebracht, zwischen jeder Nummer ein Schild in der Schnauze herumzutragen, auf dem der nächste Auftritt angekündigt wurde.
Die gestohlenen Diamanten aber fand man nach langem Suchen in einem Versteck auf dem Hausboot „Jane".
Und Dicki ... nun, der war zutiefst beleidigt. Einen ganzen Tag lang sprach er kein Wort mit seinem großen Freund. Er war der Ansicht, daß es gar nicht fein von Perry war, ihn so im unklaren über Madame Porellis Täterschaft zu lassen.
Ausgerechnet ihn, der sie schließlich zuerst verdächtigt hatte.
Aber sein Großvater war schon im Recht, wenn er behauptete, daß Dankbarkeit auf der Welt seltener sei als vierblättrige Kleeblätter.

Spannende Detektivgeschichten mit Perry Clifton

Wolfgang Ecke
Der silberne
Buddha
332 S., DM 16,80

Wolfgang Ecke
Spionagering
Rosa Nelke
253 S., DM 16,80

Wolfgang Ecke
Das geheimnis-
volle Gesicht
317 S., DM 16,80

Wolfgang Ecke
Die Hand
250 S., DM 16,80

Perry Clifton und sein junger Freund Dicki Miller sind rätselhaften Ereignissen auf der Spur.

Loewes Verlag